阿康的最後一天

麥華嵩 著

念念生滅皆無常。

——《大智度論》

小序

我在港島出生、長大，上中、小學都在港島，小時是書呆子（其實幾十年後仍是），社交圈子狹窄，朋友不多，且都是港島長大的，因此活動範圍一直限於港島，很少踏足九龍新界。到了在社會做事，尤其是當記者和替報章寫古典音樂樂評的幾年，才因為採訪或看表演，而多些到港島以外跑。再之後，我自二〇〇九年以來寓居英國，任大學教研職務至今，只每年夏天回來一個月（新冠肆虐的幾年更完全沒有回港），對港九新界都愈發陌生了。九龍有些區，我至今都是認識甚少的，包括本書中出現的馬頭圍道一帶；不過多年來相交了一些住在該區的朋友，情誼一直暖在心中，因此對於那些街巷，就算只曉得它們是地圖上的名字，也總有一點感覺。

馬頭圍道在本書出現，其中一個要點，是連繫到二〇一〇年一月二十九日發生的塌樓事件。關於事件的詳情，這裏不必多說，你在網上很容易就會找到來龍去脈。總之，它是一場災難，一場真正如俗語所言「死人冧樓」的嚴重悲劇。悲劇發生時，我在英國住下才幾個月，忙得不得了，但也一定在網上讀到了消息。我當時怎麼想，現在已不太記得。我看，我心裏不僅生出旁觀者的同情，還有憶舊懷鄉的失落——不是說不忿自己沒有被塌樓活埋（當然不是！），而是意識到自己不能親身在城市的空間裏，與百萬人同時震撼於突如其來的劫難。香港這個小小城市，有自己的文化、自己的民眾，狹窄地貌中的嘈吵喧嘩將我們串連在一起，就算是對生活圈子以外的街道，只要是仍在城中，大家也會生出奇怪的「靈通」。我所說的憶舊懷鄉，應就是當自己到了彼邦後，「靈通」淡薄了，只能在內心無可奈何地亟亟追求。

不知是不是這種追求，令我將馬頭圍道塌樓事件，寫進本書的故事中？嚴格地說，塌樓事件沒有在拙作「登場」，因為小說的主要故事發生在塌樓之前兩天，只不過書末出現了一位神秘嬸嬸，她跟小說主角阿康提到，他的「最後一天」的後天（阿康的最後一天，絕非世界的最後一天），就會發生塌樓。小說中只有塌樓事件，以及另外提到的香港地點和道路地鐵等等，是真實存在與發生過的，其他人物情節都是我的胡謅。還得說，書中角色不只在馬頭圍道一帶活動，他們無論在阿康的最後一天裏，還是在自身生活的過去，足跡可說遍及港九新界。與他們有關的生和死、傷害與被傷害、施恩與受施，都在城市中不同地方發生。但是，因為我提到了馬頭圍道塌樓，也令本書有了一個很特定的時空，即十五年前的一月。

十五年於人類歷史只若一瞥，但香港以至世界過去十五年，都經歷了很多滄桑。今天回看二〇一〇年，已恍如隔世——例如當時觸屏式智能手機仍未完全普及，你能夠相信嗎？但是，世情的發展中，難以置信的事、不如其意的事、喜出望外的事，都實在太多太多了。拙作以社團鬥爭為背景，也是因為社團鬥爭很「血肉」地表現出世態與命運難測、人生隨時可從穩如泰山變作橫死孤舟的現實。香港電影中黑幫片多不勝數，不知是否因為香港人對這種命運的隱喻深有共鳴？這可是短短一篇序言難以抽絲剝繭、深入論證的，僅在此提一提就是了。

本書的敘事集中於幾個主要角色，除了主敘事線「阿康的最後一天」的情節之外，還有交待生平背景的篇章鱗次夾雜。這種非線性的敘事手法，從電影到電視劇都可見，文學也一樣；我希望這趟運用，會增添閱讀的趣味，亦給自己的寫作歷程增添趣味，即是娛人也自娛。我還在拙作一些字裏行間，或明顯或暗示的放了一些關於個人以往所寫小說的「彩蛋」。這是給自己開幾個玩笑罷了，亦是莞薾地回望過去心思的方式。

但本書不是為個人懷舊而寫的。小說不是懷舊散文；小說是替一個地方、一個年代、一群哭笑其中的人所創作的似是而非的記憶。為甚麼要這麼創作？先得說，給創作談為甚麼，通常都是找藉口：創作都不是為了甚麼，而只是為過一把創作的癮而創作。但「找藉口」本身也是一樣有意思的創作吧，而對我而言，關於本書，我的創作藉口就是：有時候，人以至一個城市，在命運起跌的風雨飄搖之際，是要往子虛烏有的世界探索，才能找到自身存在的證據和價值的。那末，寫下本書，除了過一把創作的癮，也是為自己、為自己生於斯長於斯的城市，作一個虛構的存在印記。

二〇二五年一月，英國劍橋

目錄

晨

阿康睜開眼睛的一刻，一陣清風剛巧在他身邊的窗外掠過；窗簾因風飄揚，掃到他的肩膊，亦讓一抹陽光直接溜進房間，將他的瞳仁刺得灼痛。他登時忘掉了惡夢的內容；他只知道，他仍然很害怕。

然後就是聲音：刺耳的嘶鳴，像人的尖叫。不，警號？他意識一片迷糊，仍然在半睡半醒、夢與現實之間。

他一手掀起厚布窗簾、一手撐著床邊的窗沿，坐起身，探頭望出窗外。他聽到了嬰兒的啼哭——

還夾雜著歌聲……清亮的女性嗓子，自唱機播出的：

Row, row, row your boat

Gently down the stream

Merrily, merrily, merrily, merrily

Life is but a dream

他記起很久以前唸大學時，純粹因為好奇，旁聽過一個關於兒童歌謠的課程，由文化人類學系和音樂系合辦，內容很有趣，他仍記得導師提過的幾個例子，包括——

Row, row, row your boat

Gent ——

再次響起的嘶鳴，刺破了啼哭和歌聲。

阿康猛地向下望，望向不知多少層單位之下的地面：晨曦的清暉方才展現，天空有一小個角落仍是黑夜，警車剛好消失在那角落的朦朧裏：一條橫街之中。

「我在甚麼地方？！」

四周都是陌生的道路，陌生的高樓大廈。

他回頭望向室內：經窗簾過濾後的陽光，將房間漂染成一片黯啞的金黃。他發現自己在被褥裏的身體，是完全赤裸的。

——在這時，他發現了躺在身邊那容顏蒼白、正在沉睡的年輕女子。

他揭起被褥——女子同樣全身赤裸。他貪婪地窺視她的雙乳隨平順的呼吸而起伏；他的陽具油然勃起。

但阿康同時也生出警覺。他瞪眼環視四周的陌生房間——有全身鏡、衣櫃、梳裝枱、枱上放著的幾個手挽袋子，等等……他也留意到牆上的二〇一〇年月曆：一月份那一排排又紅又黑的日期之上，是一幀雪國晴陽的美麗圖片。他的視線轉移到地上，看到散落的衣服，有阿康自己的，也有女子的，褻衣和衫褲扭作一團。

女子忽然輕聲說：「我知道了。」

嚇了一驚的阿康猛地回頭瞪著女子——女子如前一樣雙眼緊合，但臉上多了親切和善的笑意。

不一會兒，女子再次在睡夢中開口：

「嗯，想不到呢。」

她頓了一頓後說：

「想——不到，想不到，阿康，最後一天了。」

阿康愣住了。

她的笑靨這時像繁花盛放般變得燦爛——她不很漂亮，卻自有一種嬌媚的魅力——且仍然充滿善意：

「想不想得到都沒有關係。是末日，就是末日，唉！」

那感嘆的「唉」，就像一個下班的人錯過了一班巴士，然後聳聳肩苦笑著對自己說：「唉！等下一班吧」的「唉」。

阿康下意識地自床上跳到地上。

他引起的噪音令女子略略翻動身軀，身上的被褥因而褪下，露出在晨光浸潤中顯得曲線玲瓏、很優美的乳房與腰肢。她又說話了：

「吵甚麼，唉！吵甚麼！投訴也沒用。但這一天，你還要做很多，嗯，還有很多呢，末日也忙個不停，阿康你可是，哈哈哈！」

阿康像個古希臘裸體石像般，呆站著聽她說。最令他膽戰心驚的，竟是女子溫婉的笑容和語調。

阿康忍受不了。他撲上床，雙手按著女子的肩膀，大力搖晃她。

女子醒轉，在半光半影之中睜開疲倦的眼睛。

她一看見阿康就柔聲問他：「哦，你還沒走嗎？」

阿康沒好氣地說：「我連自己怎麼來也不清楚。」

女子說：「沒走也好！」隨即完全翻開被褥，伸手抓住阿康的陽具，放浪地說：「我們再來啊！」

換著別的情況，阿康大概會聽她的話——無論女子是誰，或阿康是怎麼跟她搞上的，阿康眼前躺著一副令男人垂涎的青春軀體。但女子剛才的夢囈太可怕，而且阿康記起了……

他暗叫一聲說：「不行，我要趕時間！」

他兀自拉開女子的手，憂心忡忡地問她：「你剛才在作甚麼夢？」

女子想了一想後說：「都忘了！……嗯，好像有點……灰灰的……我不知道……」

阿康一邊在地上拾起自己的衣服，一邊說：

「哼，『灰灰的』？我看應是黑黑的，黑得不可再黑！」

女子莫明所以：「我是不是在夢裏開口說過甚麼？」然後又說：「我只記得你昨晚說過甚麼，你甚麼都說得出口，比得上我見過的很多客人……」

阿康不禁向她瞟了一眼：「客人？」

「都是些流氓，哪管賺了幾百萬髒錢……你看上去不像這麼賤吧，說起話來卻……」

「我說過甚麼？」

「你自己說過甚麼，還要問我？但不，沒關係，我也不當是生意，昨晚是送的，因為我很喜歡你。」

阿康這時已完全穿回衣服，坐在床沿穿襪子。他搖搖頭說：「我一定是喝醉了。」

女子卻反應很大的說：「不，不，你沒醉！你還說，你一滴酒也不會喝，因為你要清清醒醒地看遍我！」

阿康冷笑說：「那也算得上是髒話嗎？」

「你還很詳細地說了要舔要吃我的甚麼，還有，我要舔要吃你的甚麼，而且是我和你互相……」

阿康急忙尷尬地打斷她：「好了，明白明白……（他定過神來，瞧了女子的胴體一眼）謝謝這頓免費餐。」

女子再想了想後又說：「你在酒吧裏說的話呢？連那些比較正經的話也忘了？甚麼『獨立啊，沒人能夠干涉我』，記不記得？」

阿康搖頭說：「完全沒有印象！」

女子答說了一句話，但街上再次傳來的警車嘶鳴，蓋過了她的聲音——阿康也被那嘶鳴刺激得更警惕。他再次看看錶（他在地上拾回它時已看了一次），自忖這下子說不定要遲到了。

女子在床上盤膝坐起，焦切地問阿康：

「你要到哪裏去？」

阿康反問：「關妳甚麼事？——啊，這是哪一條街？我在哪裏？」

女子欣勤地答說：「馬頭圍道，海心公園附近。」

阿康默然思量：「還好，離開九龍城不遠……但我怎麼會來到這裏的？我昨晚做過甚麼？」他很努力地嘗試回憶昨晚，但是只約略記得自己到炮台山一幢舊樓找一個人，那時大概是黃昏……天，他怎麼別的都忘了？

女子說：「你面色很不好，不如待在這裏，我弄點吃的給你……」

阿康說：「不如我請妳到外面吃。我才吃完妳的免費晚餐，要是再受妳的恩惠吃免費早餐，那還好意思的？」

女子聽了即點點頭，之後一躍而起，自地上一件一件的拾起自己的衣服穿上。

當二人離開女子的家時，阿康對她說：

「到附近甚麼地方吃都無所謂，但最好不用走遠……啊，妳叫甚麼名字？我叫阿康。」

女子一邊鎖門一邊說：「我叫阿蓮。」

阿康隨口說：「阿蓮阿蓮……陳玉蓮、吳倩蓮，嗯，不錯的名字。」

女子嗤笑說：「都是上一代的明星呢，你說得我這麼老！但做明星還好，我卻是一個做婊子的阿蓮，夜裏在街上四處拉客……」

阿康笑說：「很多人都是在街上四處拉客的，捧著牌子賣迴轉壽司的是，敲門賣保險的也是……」

女子忽然眉頭緊蹙，瞪著阿康嚴肅地說：「你的話一點也不好笑。我再說一次，你的話一點也不好笑。你不要再說這種話！」

阿康有點措手不及，連忙說：「不說就是了。」

阿蓮答說：「我不喜歡給別人吃免費餐，只是……天，我告訴你（深呼吸一口氣）今天是我洗手不幹的第一天。我昨晚遇上了你，之後就決定了，要和一個自己喜歡的男人上床──不是為了錢，只是為了情感。你明白嗎？你是我的第一個。我做回了一個為喜歡而上床的女人之後，你就是我的第一個。」

阿康聳聳肩笑說：「嗯，我很榮幸！」

女子看見了不遠處有一間茶餐廳，就說：「我們去前面這間。」

阿康又看看錶：「我要一個鐘之後去到九龍城，行吧？」

阿蓮笑說：「沒問題，從這裏坐車很方便，我們先慢慢吃。」

阿蓮喝過一杯咖啡後顯得更精神，盡是說些不著邊際的瑣事。阿康一邊聽，一邊細意端詳眼前女子的聲線和面孔。他自忖：她好像是一個很隨便的人，不介意自己做過的工作；但當她板起臉說自己「洗手不幹」時，表情又十分堅定，還像是要向甚麼敵人宣戰似的。

阿康隨即笑自己想得太多：「我還是戒不掉這種無聊事。」她其實只是一個在茶餐廳裏吃早餐的女人，一口一口地嚥下沙爹牛肉公仔麵，一邊啃麵一邊談天，偶爾喝喝咖啡，很簡單的。她也是婊子，不，曾經是，今天開始不是了，即是從良了。這世界古往今來，從良的婊子多的是，有甚麼特別？

阿蓮忽然停了口問他：「不好吃嗎？」

阿康這才察覺，他只嚐過一小口自己點的餐蛋三文治。他淡然笑說：「啊，不，我只是欣賞妳這張很正點的臉。以婊子來說，妳算是比較……嗯……比較不那麼（他一時想不到應該怎麼說）……不那麼……」

阿蓮爽快地插嘴：「不那麼像被男人操得太多，操得營養不良？哈，虧我們做這一行的，還要常常吮男人的話兒，卻總是像營養不良……」

阿康拙劣地搶著說：「我只是想說『不那麼憔悴』！」

阿蓮伸手輕撫阿康的臉，笑說：「我喜歡你是沒錯的。」

阿康用力撥開她的手，誇張地說：「操！妳說夠了嗎？！還不快吃完妳的早餐？」

然後他拿出手提電話。阿蓮聽見他對電話說：「嗨，你起來了沒有？提貨啊，不是說笑的！」

電話那邊響起了一些模糊的笑聲，之後阿康說：「就是了。八點半對嗎？好。你再說一次那地址。是這樣？……」他急忙拿出錢包，自裏面掏出一張紙條，並對電話說：「你說得對，啊，我怎麼會……好吧，你要準時。」接著就收線了。

阿康將紙條遞給阿蓮，然後問她：「妳知道怎麼去這地方？」

阿蓮傻笑著搖頭說：「我不知道！」

阿康呵斥她：「不要玩！是要事！」

阿蓮說：「我不知道——除非你帶我一起去。」

阿康唬她：「我帶你一起去的話，之後就要殺了妳。」

阿蓮發嬌嗔說：「怕你就是傻瓜！」旁人看在眼裏，還會以為他們是情侶。

阿康賭氣說：「我不一定要問妳的，我坐的士。」隨即拿起桌上的帳單說：「妳自己吃，我過去付錢然後走……」但又忽然停了下來，想了想後，神經兮兮地問阿蓮：

「妳怎會睡著說那些話？」

阿蓮又一次莫明所以：「甚麼話？」

阿康坐回位子，瞪著她說：「妳還是跟我一起過去。」

* * *

「妳說得對，很快就到了。」

阿康自小巴下車時，發現還有大半個鐘，於是和阿蓮在衙前圍道附近的小街蹓躂，阿康一邊走一邊不住看錶，阿蓮卻一臉自在，還像個導遊般向阿康介紹：這間食肆的越式 pho 十分棒、那間的潮州滷鵝非常巧手、那個鋪位本來有一間吃泰國菜的，咖喱蟹極為厲害（蔡瀾也在節目中推薦過！），可是現在不在了。

阿康好奇地問她：「這一條街的館子妳全部掃蕩過，對嘛？」

阿蓮嘆氣說：「都是好幾年之前了。」

「啊，怎麼不再吃了？」

「幹這一行，沒錢吃好東西。」

「那之前……」

阿蓮狠狠地說：「不要提了！」

阿康通情達理地換個話題：「我一直在旺角混，很少到九龍城，不過當然旺角也有很多好館子，有一間的扎肉炒粉絲我就很喜歡……（費神思索）……忘了叫甚麼名字……唉，也忘了在哪裏，（拍拍腦袋）真沒用！」

他隨即又一次看錶，然後對阿蓮說：「不如早一點到，這是要事。」

阿蓮搖頭說：「你做人太緊張，命也短幾年的。」

阿康拉著她的手說：「去吧。」

阿蓮很不情願地跟著阿康走。他們來到一幢唐樓的大門口——這裏和附近的唐樓完全沒有分別，從地下到天台都令人想起一個很久沒洗臉的露宿老人——正要進去時，看見兩個漢子各自拿著一袋東西走出來。兩人都看見了阿康，都是一看見就別過臉急步離去。

阿蓮望著他們問阿康：「你認識他們嗎？」

卻聽不到回答。

阿蓮轉頭向阿康看去——她看見一張慘白的、額角冒汗的臉。

阿康徐徐說：「我見過他們的，應該認得出他們，但是……但是，我忘記了。」

阿蓮嘗試安慰他：「你沒事嘛？一時忘記了有甚麼奇怪？」

阿康很快平服下來，對阿蓮說：「快上去。」

兩人信步走上三層樓梯，阿康在一面銀鋼鐵閘前按門鐘；一個從不直望兩人、很刻意地裝酷的少年，打開了鐵閘後的沉色木門。阿康這時對阿蓮說：

「妳在門外等我。」

阿蓮意會到有些事情她最好不見不聞，於是乖乖地點頭。

但就在少年消失到門後不知甚麼地方去時，兩人眼前出現了一個男人。阿康對男人喊說：

「你竟然比我早到？」

阿蓮看出男人大約三十歲，比阿康年輕一截、略矮而結實得多，黑色汗衣裹著鼓脹的肌肉，大概是常常健身的。阿蓮最享受這種客人——只要他不是變態的。可惜，阿蓮正是遇到過不少十分變態、令她滿身傷痕的壯漢，他們又通常有背景，於是她和別的姊妹一樣，寧願多一事不如少一事，默默忍受算了。

對方笑說：

「對啊，我早到了。你怎麼了，妞兒也帶過來？」

阿康不理他的調侃，正色說：「貨都到了嗎？」

「都到了。」

阿蓮這時看見阿康臉上又一次出現剛才的慘白。

阿康緩緩地對自己說：「啊，記起了……」然後對男人說：

「阿朗，你猜我在樓下看見了甚麼人？」

阿朗冷靜地笑說：「收過電話了。」

阿康也跟著微笑——但誰也看得出笑臉背後隱藏的怒意——並說：「你這是甚麼意思？」

「我的意思是，不如你當沒有見過他們，或者說，忘掉了……嗯，你反正（頓了一頓）之前只見過他們一兩次，就那麼一兩次，對不對？他們是我最近收的，你完全沒見過、完全不認得也沒有人會懷疑……」

阿康不待他說完即喝罵說：「你在說甚麼蠢話？人人都知道你是跟我搵食的！現在這事要是見了光，要揹鍋的話，我只會比你更黑。阿公一定以為我跟你分贓，或乾脆以為我是主事的！你怎可以偷阿公的貨！你……啊，當然，你就是要我來做替死鬼！」

阿康沒說下去，因為阿朗手上忽然多了一枝指著阿康的槍。阿康不作聲憤怒地瞧著阿朗，阿蓮也呆站著不敢動，雙手不停顫抖。

阿朗一字一頓地說：「康哥你不要說『偷』，我不是偷，阿公要多少貨，我會全部上繳。只是我跟泰國那邊談得攏，得了一個折扣，卻沒說上去，自然有餘貨。那折扣是給我的人情，我自己拿來用也算公道，康哥你說對不對？」

阿康沉聲問：「那你為甚麼不直接套現……」

阿朗大笑說：「康哥你的腦袋失靈了嗎？人家做生意，打折扣是因為客人買得多，我當然要多買了！反正將餘貨散掉很容易，你看我現在不是拿著一枝傍身了？很有用的！還有，我找白頭權談過，他……」

阿康嚇了一跳：「你賣給水和他們？阿公知道了還不將你烹了！」

阿朗忽然將槍指向天花板，輕快地扳機——但除了「咔嚓」的一聲悶響，甚麼都沒發生——繼而笑著打開鐵閘向阿康走過來。阿康和阿蓮先已嚇了一跳，這時更不禁一起後退一步。阿朗一邊走一邊說：「看，沒子彈的。我又怎會傷害你，康哥？我跟了你這麼多年！」

阿康卻說：「你現在已硬將我拉上了船，當然不會傷害我，還要我來頂罪。」

阿朗這時已來到阿康跟前，兩手拍拍阿康臂膀說：「不要談這些了——不過，要是康哥你想分一點甜頭的話，我一定不會說不，我很有義氣的……這裏的事，剩下的由我辦妥就行，康哥你不用費心，不如和妞兒到附近喝點甚麼——或者吃個早餐……」

阿朗像個老朋友一般摟著阿康胳膊，同時推著他沿樓梯向下走。阿康往後望向阿蓮說：「妳要一直跟在我後面，不要走開，知道嗎？」

阿朗也回頭說：「對了，對了，走開的話，很危險的，哈哈！」

阿朗的手提電話這時響起。他接了電話後臉色一沉，聽了片刻就掛線，停住腳步瞪著阿康說：

「康哥，我說過不會傷害你，我是說實話的。這事你只要甚麼都說不知道，由我來……」

阿康打斷了他：

「發生了甚麼事？漏了風聲嗎？」

阿朗感嘆說：「那兩個獃子不知交上甚麼惡運，竟然在路上遇上貓叔。貓叔兩天前和他的手下去過我的場，兩個獃子嘻嘻哈哈地招呼他們，貓叔當然認得他倆，一碰面就不住說閒話，但當然愈說愈覺不對勁。怎麼兩個獃子鬼鬼祟祟的？貓叔是老江湖，立即命令同行的人搜他們的袋子……」

阿康沮喪地說：「貓叔會以為是我叫你去叫他們的！現在怎樣了？」

「他們抓了兩個獃子見二爺，還叫我將所有的貨送到貓叔的倉，今天兩點到二爺處，一夥叔父都會出現，公審啊。」

「我又怎樣？他們一定叫你找我一同去。」

阿朗咬著嘴唇搖搖頭說：「沒有。」

「阿朗，你要小心了。」

阿康的手機這時響起。他苦笑著打開電話，聽了幾句後就說：

「我知道甚麼事。」

電話那邊又急速說了好些話。阿康答說：

「行，兩點鐘，我會和他一起的。」

阿康收線後對阿朗說：

「你千萬不要著草，事情還有轉機。」

阿朗故意像學生遇到難題時問老師那般和阿康說：

「康哥，你說有轉機？」

「你現在只管送貨，我有事自然會打電話找你。」

阿朗沒再說話，只點了點頭，然後走回房子裏去。

阿康和阿蓮來到大廈門口時，阿康打了一通電話。阿蓮聽不明白他的話，只聽出他的語氣故作平和，還有最後的「謝謝！」

接著他跟阿蓮說：「我們去找貓叔。他是出了名的硬脖子，但也是講道理的。」

兩人其後一直無話，直到兩人已離開大廈兩三個街口，阿蓮才敢開口問：「你……」

阿康卻猜到她想問甚麼：

「我無論如何都要揹上黑鍋，幫他也是幫我自己。」

他頓了一頓後說：

「很對不起。我應該叫妳在街上等。現在他們都認得妳，會以為妳是我的人……」

阿蓮輕鬆地笑說：「沒所謂，做你的人就做你的人，反正我還算喜歡你。」

阿康不禁向她瞪了一眼。要是她以比較認真——更不用說癡情——的語氣說那幾句話，阿康還不會驚訝，頂多會以為她是一個看上了他的傻婊子——他知道有些妓女都是在感情上很傻的——又或者是她想在這件事上賺一把，在他身上賭一賭，希望跟著他會飛黃騰達。但阿蓮的語氣，就像承諾和一個她「還算喜歡」的朋友一起去解決一些小問題，例如市場賣菜的多收了他十元，阿蓮便義助阿康，陪他找賣菜的理論……

阿康不得不深呼吸一口氣，停下腳步對阿蓮說：

「妳明不明白？我剛剛做的事可能令妳過不了今天！」

阿蓮隨即說：

「那又怎麼樣？我已經豁了出去，現在連婊子也不做了，從良也好，乞食也好，死也好，都是自己的事。我這一生人是我自己的，愛怎麼活就怎麼活，沒有人干預得了！」然後又輕聲補上：「都是你告訴我的……」

她說最後一句話時，阿康正晦氣地吐出了一句「操！」因此沒有將她的話聽進耳裏，只是繼續前行，走了兩步又喃喃說：

「妳緊記要跟著我。」

阿蓮剛好墮後了，聽不清楚，於是說：

「你說甚麼？」

阿康忍不住大喊說：「我叫妳跟著我，婊子！」

阿蓮不好氣地說：「你真煩厭，說了一次又一次。我會跟著你的，你不要大叫！」

阿康卻又忽然停下，望著阿蓮說：

「從這裏去深水埗怎麼去？」

＊　＊　＊

阿蓮帶著阿康乘小巴到地鐵站，然後坐地鐵到深水埗。之後就由阿康帶路：他們走過好幾條大街小巷，在上班族、穿校服的學生、買菜的主婦和菲傭之間穿梭了許久，最後在一幢大廈的門口停下。大廈位處周圍都滿是幾十年舊樓的橫街上，但這座建築卻只有一、二十年樓齡，明顯比附近的住宅要高幾倍，讓阿蓮覺得很突兀。

阿康說：「我們上去。」但走到大廈門檻又停下，說：

「還是先給他打電話。」

阿康對著手機說了幾句——阿蓮只聽到「對，妞兒也……」幾個字——然後作結：「好，我們等你。」

幾分鐘後，阿蓮看見一個五、六十歲的中年男人出現在門口。男人個子不高，烏黑的頭髮（她懷疑是染黑的）塗滿了髮乳，熨貼得像回到六十年代；他的舉止溫文得過分，有點陰陽怪氣。

阿康必恭必敬地彎腰向男人問安：「貓叔早晨。」男人應了一句：「是了。（望一望阿蓮）

妞兒不錯嘛！做婊子的，對不對？哪一個廳？」

兩人之後的對話，阿蓮沒聽進心裏，因為她正全心留意跟在貓叔後面的女人和女人抱著的小孩。女人比貓叔還要矮，身形有點發福，但不至臃腫，臉龐圓嘟嘟，正在很可愛地微笑著，好像她出生長大就是為了令臉蛋掛上笑容，而她的笑容更是散發活著的愉悅。阿蓮想，她很年輕，一定連貓叔年齡一半也沒有。但阿蓮更注目於那小孩：那張和他媽媽一樣可愛、一樣圓嘟嘟的小臉蛋兒，卻十分害羞，很不敢笑似的。她開始思量孩子的未來：這張討人喜歡的臉會成為甚麼樣的人？爸爸是黑社會，他長大後很容易就會被捲進那世界，甚麼天真都會化為烏有……阿蓮想到這裏，就為孩子感到惻然。

阿康此時正在向女人說：「貓嬸妳好！」

女人以流暢但並非香港口音的廣東話答說：「好，好，阿康你好！」

阿康望著女人臂彎內的小孩說：「阿定又長大了！兩歲了嗎？」

女人笑得比之前更燦爛：「兩歲兩個月！會說爸爸媽媽了！」

小孩將臉埋進媽媽懷裏。

貓叔對女人說：「你們先去公園，我有事跟他們談。」

女人舉起小孩的小手，哄小孩跟三人說「再見」，卻不成功，其後即抱著小孩悠閒地走開。

貓叔笑說：

「她對我說，在深圳的姊妹以為她嫁過來一定會住大屋開房車；她卻說，她只要一個孩子，一個好老公、一間小房子、一個安定舒服的家。阿康你看，做婊子的也可以做好老婆。」

他然後向阿蓮瞟了一眼，令阿蓮漲紅了臉。

貓叔續說：「吃了早餐沒有？……啊，那我們喝點東西吧。轉個街角有一間茶餐廳，奶茶和鴛鴦都蠻不錯。」

* * *

他們在茶餐廳坐定和點叫了吃喝之後，貓叔即逕自唏噓地說：

「這個早晨還未過大半，我已經好像熬了一整天。我本來不過是到批發市場看看，回來時順便去九龍城一間茶樓，和幾個兄弟吃個叉燒包。誰知在路上踫見你們的人。之後兄弟將貨運到倉去時，我跟不了車，因為答應了老婆回來和阿定玩。我和你們也不能談很久。」

貓叔的語氣很平和，說到最後甚至流露慈祥的父愛，但阿康和阿蓮兩個都是一邊聽一邊心裏發麻。

阿康囁嚅說：「我……還有阿朗……」

貓叔揮手說：「你不用跟我說，我反正不能聽一面之詞。我知道，現在的伙計愈來愈喜歡自作主張和吃裏扒外，但你也是阿公伙計，也可能吃裏扒外的，我不能聽一面之詞。」

但阿康——甚至阿蓮——都知道，貓叔其實很想聽阿康的「一面之詞」，貓叔也知道阿康知道。一切都是說話的策略，威嚇與哄誘的攻防；貓叔只是在設法令阿康道出他所知的真相。

阿康唯有低聲下氣、滿是悲憤地抗議，像一個被老師指責犯了事的小孩淚盈於睫地堅稱自己無辜：「貓叔，你一直看著我，看了十年了，我怎也不像個會吃裏扒外的！」

貓叔說：「阿康，你說到底只是半途出家。半途出家的，始終不是自己人；我們這種人最看重一個人是不是從小就在混。你能夠當上坐館已經很難得，我推舉你時有些叔父很不情願，是我和二爺替你撐腰的，因為我們看出你有料子，也覺得你靠得住。但一發生了這種事，以往不信任你的一定會拿它作話柄，以往信任你的，就是再信下去，也得打個折扣，或者說須要看一點證據。」

「那兩個小混混只是迷了路，沒其他的，為甚麼要將事情弄大？」

貓叔嗤笑說：「你以為我們是小朋友，像阿定？兩個人拿著兩袋那種貨色，會迷路的嗎？他們敢迷路嗎？更不用說，他們已招了，他們本來要去太子道西……」

阿康臉色一變，壓抑著心中的歇斯底里，急促地說：「不，貓叔你一定聽錯，或他們不知怎的說了瘋話，總之不可能的。他們拿一袋槍去砸水和的檔口？不可能！他們如何蠢，也不是白癡！」

貓叔說：「只怕不是砸，是脫貨。」

阿康本來想立即反駁的，卻忽然靜下來，望一望貓叔，然後喝一口自己剛才叫的熱鴛鴦。

阿蓮這時想（她猜阿康也一定有想過），貓叔會不會只是胡謅？兩個小混混究竟說過甚麼？他們會不會一直支吾以對，令貓叔起疑心，但貓叔其實還沒問出底細？

阿康嚥下熱鴛鴦後定過神來，接著說：

「看來我們要仔細問問兩個小混混。」

貓叔轉而緊盯阿蓮，以不知是戲謔還是認真的語氣冷笑說：「我最會問人的，阿康和其他兄弟都很清楚。譬如說，我會一隻一隻手指的問，通常捱不到三隻已經甚麼都供出來。供了之後就輪到家法，這也是我最會的。……妳害怕嗎？不，那是問男人的，問女人的方法，我也會，很爽的，很爽、很爽！」

貓叔愈說下去，臉上的笑容愈發扭曲，令阿蓮毛髮直豎，低頭不敢作聲。

貓叔又對阿康說：

「你不是要將事情都推到兩個小混混身上嘛？我勸你千萬不要，叔父們不是傻子，很容易看穿你，以後就更不會信任你。也不要將事情推到阿朗身上；他有了自己堂口才一年多，而且一天是你的兄弟，就永遠都是你的兄弟，叔父們都是這樣看的。做人不能對不起兄弟！更不要說阿朗這人，人人都知道他是你的徒弟，甚麼都學你，連說話也像你，就只差一點點不及你他媽的文縐縐。」

阿康苦笑說：「看來你們未審判已定了罪。」

貓叔向後躺在卡座座背上，對阿康說：「不，我沒有，你放心。我只是以防萬一。」

「謝謝貓叔……（語調變得從容）……嗯，聽說你和你的兄弟都認識兩個小混混，對嗎？」

貓叔說：「不過是前兩晚才在阿朗的廳裏頭一次見面。」

阿康笑說：「聽說你們在阿朗處玩得很……嗯……很爽嘛。」

貓叔攤攤手說：「阿朗的妞兒很不錯。」

阿康笑說：「貓嬸沒話說嗎？」

「男人出去玩，不用跟女人說，說了也沒意思，我對她和孩子有恩有義、讓他們有衣有食，我做了男人應做的就行！她管不了我的，也不會蠢得跑回上面。」

表面上，阿蓮繼續低頭不語，但她心裏這時生出的憎惡已快要令自己反胃。

阿康卻一味笑說：「聽說你玩三P起雙飛，對嗎？貓叔要小心身體啊。」

「你以為我老嗎？我還很行的！要不要讓你的妞兒先試試，再來形容一下？」

阿蓮此刻的懼意，還不如無盡而苦澀的憤慨。她腦海裏浮現出那個臉龐圓嘟嘟的愛笑媽媽，還有那個害羞的小孩。

阿康說：「貓叔，這妞兒已從良了，不幹了。」

貓叔說：「不幹了？為了你不幹？哈，女人反正都是幹的，分別是只跟一個男人免費幹還是……」

「啪」——很響、很響的一聲。

到貓叔來得及反應，以手撫著盪熱的、紅了一大片的左頰時，怒氣沖沖的阿蓮已經跑出了茶餐廳。

茶餐廳本來鼎沸的談話聲片刻之間完全止住，所有人都瞪著貓叔和阿康。

阿康站起身大叫：「你們他媽的看甚麼？有甚麼好看？欠揍嗎？！吃自己的飯！」

他隨即跪在地上，緊張地向貓叔乞憐求饒：「很對不起，很對不起！妞兒不懂事是我的錯！你大人有大量，她只是無知，沒有別的！」說時一臉無奈、悔疚、惴慄。

貓叔繼續撫著臉，一字一頓地說：

「我暫時算數。要是你熬得過這一天，我就看在你份上，當她只是無知。要是你熬不過的話……還是先擔心你自己吧。」

阿蓮

阿蓮姊姊跟她說：他死得很痛苦。

是到了末期才發現的，當時癌細胞已擴散全身，正在將身體一點一滴地吞噬。醫生不斷加重嗎啡——他簡直是合法地成為癮君子的——但仍不能紓緩蝕骨的劇痛，那日夜不斷的、氣若游絲的呻吟；如此這般活過了好幾個月的地獄，他才得以解脫。他的身軀和四肢曾經掩著她的口，將她牢牢壓在床上、令她不能動彈之餘，更強行掰開她的雙腿；到死那刻，過去的粗暴皮囊卻只剩下一束枯柴那麼瘦、一張薄紙那麼輕。

阿蓮聽後，只沉聲說了一個字：「操！」她不是幸災樂禍、不是憤懣，甚至不是無奈，只是——只是想說句粗話，僅此而已。她想起不久前看過的一齣電視武俠劇，主角遭到暗算，中了箭，逃進一間佛寺躲起來；寺裏一個老和尚見他滿懷怨恨，於是對他說：「施主既已中箭，就無謂費神猜度箭是從哪裏來的，不如先敷好金瘡藥，待你復元再說。」

她姊姊緊蹙眉頭看著她說：「妳就只說得出這麼多？妳有沒有一絲半點良心的？爸媽說妳犯賤，他們沒錯！」

但姊姊沒有離開——對，姊姊沒有繼續大發雷霆罵她一頓，然後離開。姊姊仍然待在茶餐廳裏，坐在她對面——三天之後，她會和阿康在同一間茶餐廳和同一張桌旁吃早餐。

姊姊這些年來，一直沒有離開過。阿蓮在不知多少個晚上，赤條條地躺在一個陌生男人身邊時，心裏、眼角會緩緩淌淚（她不是在自憐身世——她從來沒有後悔自己的選擇），正是因為想起了從來沒有離開過的姊姊，其實姊姊由始至終和爸媽一樣為她感到羞恥，卻仍然沒有離開。姊姊是世上唯一讓她有理由涕零感激的人。

姊妹沉默對坐，兩人眼神都故意迴避對方——姊姊因為溫柔愛護與惱怨的交雜，阿蓮則只因為心裏充滿抗爭的怒意。

姊姊認識了阿蓮太久，很清楚阿蓮從小已不好惹、愛發脾氣。當阿蓮還在媽媽肚裏時，姊姊已經知道自己的地位將無可挽回地下滑；隨著阿蓮自媽媽子宮露出頭顱，姊姊的嫉妒也正式點燃。但最後，她竟然發現（她已忘了是怎麼發現的，可能是阿蓮在雨中不小心滑倒，她想也不想就急忙扶起她的一刻，或者是她替阿蓮揀選小花裙去小學聖誕聯歡會的一刻，或者是……）她心裏一直在旺盛地發光的，也有一份溫柔。溫柔漸漸蓋過了嫉妒，她已成了妹妹的守護人，永遠關懷地看望一個倔強的靈魂。令她意想不到的是，五年之後，當爸媽都只想忘掉有一個如此丟臉的女兒——因為爸媽和她們姊妹不同，爸媽是會被面子與名譽影響的，她們卻不會，她因為還年輕，阿蓮則因為是阿蓮——她對於阿蓮卻仍然不忍心，甚至感到有點奇怪的欣羨與寄托。姊姊當時正學習當一個新婚的賢妻角色，她和丈夫已鋪排計算好，當儲蓄至四年零三個月之後，他們就可以生孩子。

她的妹妹卻仍舊義無反顧——對，義無反顧！——在馬頭圍道一個她從來不知地點、只聽阿蓮説過月租四千的房子裏，當一樓一鳳（她還可以想像得到，阿蓮親手掛出一個黃疸一般色澤的招牌）。

她從來不能理解妹妹的心意——小時候已經不能，到了這個一家人紛擾煩亂的年頭，就更不能了。然而，阿蓮自己也從來不能理解自己的心意；反正她一直都不會去理解。

兩姊妹都記得太清楚，阿蓮第一次陪伴他在家裏出現的時候，姊姊和爸媽臉上流露的訝異。怎麼可能！是一張四十出頭、令姊姊想起一隻野兔的臉！（後來姊姊跟阿蓮説笑提起，阿蓮原來早也有同感！但姊姊安慰說：還不至於像一隻家鼠就行）這人可以當阿蓮的爸爸！

「妳是怎麼認識他的？」阿蓮答說：他是暑期工的經理。「甚麼經理？」是市場部：阿蓮和幾個同學一起替他的公司做市場調查員。阿蓮佻皮地笑說，她一開始就被經理「特別看重」，她很快就看穿了，不過決定「玩」下去（她是特意說「玩」的）。漸漸，她覺得這張兔臉「很有趣」，他也很曉得怎麼去疼她。

他對阿蓮的家人很有禮貌、很會看人臉色——四十出頭的經理，當然不會不懂這些了，何況是市場部的！漸漸，他們習慣了他。開始時，他們只能無奈地對自己說：阿蓮從小難以預料，但願她運氣好……但再之後，他們就慶幸阿蓮找對了人——因為他已令爸媽和姊姊都站到了他的一邊。他的策略，除了每次見面都會送一些得體的禮物，還有很親善的語氣、很多適可而止卻令一家人嘻嘻呵呵的笑話、各種大小動作、「迎合觀眾」的閒聊題材等等。爸爸愛賭馬，他就和爸爸一起慨嘆為甚麼那匹大熱門竟然昨天第四場失蹄。媽媽喜歡織毛衣，他就常常買上等毛線給她；媽媽織了毛衣給他，他就一定穿在身上見阿蓮家人。姊姊滿腦子家庭夢想，卻連男友也未有，他就不住奉承她人品好又漂亮，一定很快找到好的男孩子。他和這家人見面不到一個半月，已經像老朋友碰頭，幾乎每個周末都開著小吉普載他們四處去，由他請客吃飯

（只有幾次在媽媽的強硬堅持下，才由爸爸結帳），讓他們嚐盡了從香港仔到銅鑼灣、從九龍城到沙田以至元朗各種備受推介的館子——卻仍然能夠令阿蓮覺得他是只屬於她的，是一個能夠包容她常變而自我的心意的男人，更是她的再生父親、大哥與送花和送上高潮（他們已上過很多次酒店了）的情人……

阿蓮告訴他們，他開始時是sales，逐家逐戶拍門賣貨賣了十幾年，然後才轉到市場部，繼續在報紙電視做推銷。他們聽了都不覺意外：這人真是「吃這一行飯」的。

但阿蓮還是待到很久之後——待到她家人和他完全熟絡、對他完全接受、沒有他就像少了一個親人之後——才告訴爸媽和姊姊「一件事」：他已經結了婚，老婆是個文員，大女兒十一歲、小女兒七歲，他每天都要先開小吉普送兩個女兒上學，然後才上班。她戰戰兢兢地說完之後，心裏很害怕他們的第一個反應是：「妳竟然搞上了有婦之夫！」誰知他們只是問她：「他打算離婚嗎？」令阿蓮歡喜得滿臉通紅。在她還來得及答話之前，媽媽和姊姊再次打斷了她，齊聲問：「妳一早知道？」

阿蓮只是沉默地點頭——她很少很少會怯弱至此的。但家人沒有問：「既然一早知道，為甚麼還要自討苦吃？」因為他們都知道答案——答案是，阿蓮根本不會問自己這個問題，因此沒有「既然」，也不存在「為甚麼」。媽媽倒是說：「妳已經下了水脫身不了，千萬要熬下去等他離婚，始終會有那一天的。」

阿蓮沒有答話，只是紅著眼睛望著她的至親。姊姊眼眶也紅了，爸媽則眉頭深鎖。大家沒說話良久。六年之後，阿蓮每當回憶起那無聲的一幕，總是對自己說：她之前半輩子從來沒有那麼迷惘過。

那不過是迷惘的開始。

阿蓮向家人坦白之前，是先得到了他的批准的。更確切地說——阿蓮現在已記得很清楚、看得很通透——是他叫阿蓮說的。他一定是覺得時機成熟：他和阿蓮的家人已經熟絡得「斷不了」（阿蓮記得他某次歡好後，赤條條地躺著跟阿蓮說過這幾個字），再不說的話，要是被發現，就像是想永遠隱瞞。他也叫阿蓮先獨自跟她家人說，之後才由他露面再解釋一次。他的計算完全成功；他一見到阿蓮爸媽，就一副求饒求憐的樣子，很嚴肅、很認真，不像以往談笑風生。他不住向阿蓮家人承諾：他的婚姻很不愉快，他活在一個牢籠裏，他和妻子已不再喜歡對方，只是為了孩子才勉強同住，他很快、很快就會尋求解脫，「我一定會和那女人離婚，孩子都已長大，我不擔心」，「我會向阿蓮負責的」……等等。然後，就是重新宣示他對阿蓮的真愛。一個狡猾的已婚男人會跟情婦開的空頭支票，他全都向阿蓮的家人簽發掉，彷彿阿蓮的家人才是他的情人。阿蓮倒是靜靜坐在一旁，讓他向他的觀眾表演完美無瑕的獨腳戲；雖然她身處肥皂劇的中心，卻跟一個無關痛癢的閒角沒有分別。不知不覺之間，她成了一個被保護、被佔有、被操的軀殼。她的靈魂已被騙走，她卻還在心裏傻笑著沾沾自喜：這個人會為她帶來獨立的、沒有人圈囿她（除了他之外）的生活。

這些都是阿蓮很久之後回想過去時，腦海裏為一幕一幕往事所作的詮釋。她向自己慨嘆：「天，我當時才十八歲！十八歲！我懂甚麼？！」只是，她在慨嘆的當下，也不過是二十六歲——才二十六歲！很多女子到了二十六歲仍在經歷溫柔與感傷，仍沉浸在浪漫的霧靄與燕沼中；但一個被數以百計男人操過的女人，總不免學得了一點犬儒。他畢竟很像她一般會遇上的客人，很像——中年、有點苦悶，像個外面熟透但裏面仍然青澀的少年。阿蓮想，對啊，其實他也是一個很苦悶的人，哪管他會說笑話、會哄她和她一家：不苦悶的人不會有空或有興趣將這等伎倆練就得爐火純青。

他「告解」之後，大家就當沒有事情發生過、沒有秘密被抖出過；他繼續當人人歡迎的未來女婿與未來妹夫。只不過，要是說穿了，大家都得面對的是：阿蓮已是一個當上別人情婦的高中生。就在她升讀大學前的暑假——她的高考成績蠻不錯，被中文大學取錄了——他提出：「反正妳要住近大學，不如在沙田找個地方。」「世伯伯母，阿蓮搬到沙田去，就不用每天花一個鐘坐地鐵和火車上學。房租由我負責付，你們不用掛心！」他説著説著，竟然令大家忽略了一點：他的建議換個角度看（即阿蓮很久之後的角度），等於金屋藏嬌。

阿蓮和她的家人都即刻答應了。她明白已步出了難以回頭的一步，卻毫不猶豫，因為她沒有為「他是否愛我」而疑惑過：她一味勇往直前，毫無顧慮。但七年之後，她唯一確信的，卻是他只想擁有一個讓他隨意擺佈、不會猜度和看穿他的女孩——「當然他還喜歡極了操我的嫩穴。他一人私家獨佔的穴。哈哈！」阿蓮現在常常為自己而苦笑：幹這一行久了，就相信男人都只愛女人的穴（和胸脯），不理別的。

（直至她遇上阿康的一晚。）

不，阿蓮也要答謝他，因為她也當他是一場課。這樣子去想，總會令她好過一點。答謝和傷痛互相抵消之下，她不再恨他了。

課總會上完，就像生命，就像後來她和阿康一同度過的一天。但課是怎麼完的，她已經忘了很多枝節，只記得兩個片段，還有很清楚的一件事：是她自己打開課室的門的，並為此賠上了自己的一生。

（直至她遇上阿康的一晚。到了那一晚，她才明白到：賠上的不一定昂貴至於一生。）

但阿蓮又會自辯說：要是她沒走出來的話，賠上的可能連一生也不如。

首先令她心裏萌發意念的，是她搬進沙田的第一天。他開車幫她將一箱一箱雜物——教科書、漫畫、手提電腦、手袋、背包、衣鞋、毛娃娃……——運到大廈門口，兩人再合力一箱一箱的搬上他和她的單位，就像一對情侶或夫妻剛搬進新房子，分享溫馨的勞累。他們後來在新城市廣場快快樂樂地吃了一頓泰國菜——他們都喜歡泰國菜——然後，他送她回到房子，一進門就將她推到床上；兩人在還未拆開的紙皮箱的圍繞中，暴烈地、歡愉地脫衣做愛。完事後，他們軟癱於混亂的衫褲和被褥之上，手牽手一同看著天花板上靜靜發放光芒的電燈。她從沒感到如此幸福。

但他很快鬆開了她的手，在地上尋找不知給丟到哪裏去的手錶；找到之後，看了一看，他就說：

「啊，要回去了，明天還得早起。」

他起身穿衣服，阿蓮的一副青春嬌軀卻仍然動也不動地瞪著天花板的燈。要是他留意她的眼神（只是他太自以為已掌握一切、認為現狀已是永遠的理所當然），他會看出她的內心剛剛從天堂一下子掉進人間的地獄。

她素來心底裏都沒有懷疑過：幸福等於家。她的率性都只因為她很清楚、很堅信：她的家人總會繼續給她幸福。她搬進了沙田的房子後，雖然遠離以往跟爸媽和姊姊分享的幸福，卻能換來獨個兒和他分享的幸福，即是有了一個更以她為中心的家。但家人是不會在夜裏分開的。家人不會以「明天還要早起」為理由或借口而在夜裏離家——更不會因為在別處有兩個女兒需要他開車送上學而離家。

幻滅像狂瀾一般湧上心頭。她全身微微戰抖著、緊咬著嘴唇，忍住了不讓淚水流出已濕潤的眼眶。她只輕輕問了一句：

「再待一會兒好嗎？……嗯……一起執拾幾個箱子？很多——」

她還未及說完，他已打斷了她：

「不了，改天再來幫妳，孩子上學遲到就不好。」

這些話他之前也跟她說過——在餐廳裏、在車裏、在幽靜的地方、在酒店的床上。但她要到這一刻，在沙田的一個單位裏，才被它們撕割心扉。

但那不過是一連串事情的開始。阿蓮起先還懷著憧憬與希望：她深信現在只是暫時，他對她和她的家人的承諾，在不久之後的一天就會實現——彷彿離婚只是簽一個名字就行的小事。同時，大學裏也有很多男孩子追求她。她在同學面前強自表現出一個不能捉摸的形象：活潑、多變、只依自己想法行事。有些女同學覺得她不可一世（特別是樣貌不如她的女同學），在背後說她壞話；男孩子卻都被她迷倒了，有的相約她一起到飯堂吃午飯，有的請她下午喝東西聊天，也有的更冒進地邀請她放學後或周末上館子、看電影。她一一拒絕了，然而當中也有些比較英俊或會哄女孩子的男生會令她想像：要不是她早已有了他，和這人一起也不錯。沒有人知道她在「外面」有一個男朋友，她將一切保密得很充足——但同學之中比較世故的都看出她一定有些秘密，關於她的揣測與謠言更在同學之間如烈火般流傳。

然後發生了一件怪事——一段在阿蓮心中永遠不能磨滅的記憶。她本來就不應遇上那事的：她雖然常常要和同學合作做長篇習作，一夥人商談至凌晨，但無論多晚，她都會電召一輛的士回沙田去。但那一晚，她和同學剛完成了一份報告，幾個人嘻嘻哈哈地吃夜宵慶祝至深夜；其後，阿蓮忽來興致，到其中一個向來稔熟的女同學的宿舍繼續聊下去。女同學的房間在地下，睡房一扇大窗之外是草地，當時外面大都黑漆一片，兩人看出去，只見到被宿舍射燈照亮的一小片深綠的草坪。她們一起啃著各式巧克力、薯片和日式糖果，同學喝汽水，她則喝自己帶來的綠茶包（一個模仿自他的習慣），說別人的壞話或自己的心事（但當同學問阿蓮有沒有男朋友，她只是笑笑說：「我還在等待。」），聊至兩三點時，窗外突然響起窸窣的聲音。她們循聲音張望，發現被射燈照亮的草地上站著一隻小小的大眼長尾猴子；猴子剛好站在光芒中央，彷彿草地是舞台，牠在兩個女孩面前赫然獨自登場。

阿蓮登時嚇了一驚，自窗前退後五六步；同學卻見怪不怪地笑著對她說：「妳走運了，給妳見到阿毛。阿毛好久才來一次的，逛得這麼接近 dorm 就更少見。妳和牠有緣呢！」

阿蓮斜視她說：「妳說甚麼，我和這東西有甚麼緣啊！」

她定了定神後，再次往窗邊走去。猴子仍舊一動不動地瞪著窗內的她們。牠一身都是棕黑夾雜的長毛，牠那對很引人注意的大眼睛則是白中帶黑……

阿蓮和同學忽然一同驚嘆——因為猴子的眼睛正迅速變得血紅，彷彿牠突然得了幾天的失眠……

同學疑惑地說：「牠的眼睛怎會……」

阿蓮也不知是自言自語還是回答同學：「會不會……嗯……會不會是因為見到了我……」

同學望著她說：「妳不是說他看中了妳嘛……」

兩人突然一起爆發大笑，彷彿要舒泄心中積聚的緊張與焦慮。

阿蓮望望猴子，再望望同學，故意說一句毫無根據的話：「看來是因為見到了妳才對，妳和牠模樣很像！」

「胡說！」

兩人又一起大笑。到她們笑完了，才發現猴子向窗邊走前了兩步。

同學囁嚅說：「牠想進來嗎？」

阿蓮鼓起勇氣壯兩人的膽：「是又怎麼樣，到時打九九九。」

但猴子沒再走近，只是蜷曲著身軀躺在草地上，以一雙血紅的、失眠的眼睛，望著阿蓮。

阿蓮本來還有點害怕的，但看那小東西看得久了，就不再覺得甚麼，還故意坐近窗邊看牠，甚至想打開窗……

卻被同學阻止了：「牠要是爬進來就不好！」

「可是，我看牠的樣子……」

「猴子會抓人的！毀了容就是一世！」

阿蓮聽了她的話便笑得人仰馬翻，一邊笑一邊重複：

「對啊對啊，毀了容就是一世！妳那張正點極了的臉，很可惜的，哈哈！毀了容就是一世！」

同學認真說：「妳不要以為不會發生！」

阿蓮鎮定過來後問她：「妳連牠的名字都曉得——叫阿金嗎？啊？對、對，阿毛——妳連牠的名字都曉得，妳不是應該跟牠很熟絡了嗎，還用害怕？」

同學繼續嚴肅說：「阿毛的名字是有些老鬼告訴我的，聽說是一屆又一屆傳下的名字。沒有人知道牠的來歷，只有一些故事……」

「啊，還不是又一個無聊鬼故事？」

「聽說已經傳了很久！說的是，牠是一隻靈猴，本來是附近一戶有錢人家的，就是富了幾代那種啊，他們住在一個山頭上的一幢祖傳大屋裏，不知從哪個非洲國家買了阿毛回來，一直當是牠寵物，我們養貓狗，他們就養非洲猴子。九七之前，他們一家移民，有幾年常常不在香港，但請了一個菲傭日夜看管牠，就像牠是一個人。

「一過九七，他們就回流，阿毛終於可以天天和主人一起；但緊接下來，香港發生金融海嘯，他們一夜之間破產，連大屋也要變賣，一家幾口連找個睡覺的地方都要問朋友借錢。本來他們還能帶著阿毛在身邊的，養一隻猴子不很費錢——那個在街頭賣藥的老伯不是養猴子養了幾十年？報紙也訪問過他的！——只是，他們畢竟富了幾十年，到了絕境也要吃好飯好菜和住四星酒店，唯有將阿毛賣出套現。阿毛算是名貴稀有品種，在香港可以賣很多錢的！

「終於，他們為了在奢華中多活一段日子而背棄了阿毛。阿毛被賣出的一天，牠的主人強裝起笑臉跟牠說：『人家帶你去旅行看風景，你回來時我們再一起玩！』也不知主人是說真的打算環境好一點後買回牠，還是只想哄牠。

「阿毛被關在一個籠子裏，籠子上蓋了一塊布，買家拿著籠子高高興興地離開。可是，在之後的路途上，阿毛不知用甚麼方法逃掉了，最後輾轉回到房子附近，就是這山林；牠一入夜就四處『出巡』——老鬼和我們都這麼說的：『阿毛出巡了！』直到今天。」

阿蓮問：「妳說牠是靈猴，靈在哪裏？」

「牠的靈是之後的事，看來靈得有點邪呢。牠平日逛的地方，離開牠以前主人的家，走路的話只消一個鐘就到。但牠可能憎厭他們背棄牠，所以——老鬼都這麼說的——從來不會逛上山頭；又或者牠曉得主人已離開了。可是有一晚——四年前左右吧——牠竟大叫著跑了上去，dorm 裏的人都被吵醒了；但再過半個鐘之後，一切又回復平靜，他們繼續睡，第二天起床時，幾乎忘了曾經被阿毛吵醒過，只一味惦掛上課和趕在死線前交功課，就像平日一樣。

「可是，當晚電視新聞播出：阿毛的主人一家，昨夜竄進祖家大宅，一起在裏面燒炭自殺死了。但警察後來一直搞不通的是：大屋轉手後，新業主雖沒住進去，卻也換過了所有的鎖；屋子本身亦有防盜設施和閉路電視，但它們完全發現不到那家人。他們有兩三個孩子的，怎會那麼容易避過電眼？還有啊，他們是躲在主人房裏自殺的，但新業主的門房每晚定時巡視所有房間，當晚卻沒留意到他們。閉路電視唯一攝錄下來而門房也看到的，是阿毛曾在大閘和花園吱吱喳喳地遊蕩過，但很快就被門房趕走了。

「於是有人說，阿毛有靈，幫助牠主人一家在祖屋裏走完最後一段路。但妳說那算是幫助嗎？還是報復才對？當然，一切都是傳說，妳知道……」

阿蓮聽了只是嗤笑，並說：「老鬼最會說的就是鬼話，不過是想將 Year 1 女孩嚇進他們懷裏！」

同學卻說：「信不信由妳！」

但阿蓮忽然定神想了一想，然後說：「欺騙和背叛的代價是這樣可怕的？」

她還未說完，就逕自跑出同學的房間和宿舍，向窗外被照亮的草地走過去。

但她來到草地時，阿毛已不見了。

阿蓮站定在阿毛之前所站的地方，靜靜看著同學的房間。同學打開窗向她喊話，她卻像沒有聽到似的，只瞪著房間。

——她彷彿看見自己在房間裏望出來；她彷彿和自己互相對望；她彷彿已成了阿毛。

其後她回想當晚，也不明白為何會心血來潮跑出去。總之，她忘記不了那一晚，忘記不了血紅的眼睛——它們就像一個惡夢，一個真實發生過的惡夢。

正是那惡夢令她開始在他身上看到欺騙和背叛。她開始詰問他，詰問且漸漸變作質問。她也開始懷疑他，抱怨他根本不打算離開自己妻子。他們開始常常吵嘴。

——到了學期結束的傍晚，她在房子裏等到他回來（他已說了當晚會回來），然後對他說：他們沒結果的，不如散了吧，她現在就搬出去。

她沒等他答話就一鼓作氣，拿起先前已執拾好的一箱隨身物品，起步出走——只是她還未及開門就被他拉回來。

他強行摟著她說：他很愛她，真的很愛她。他很快就會離開那女人，和她一起。

她不斷掙扎，掙扎之中不住說：「你不要再說謊，我聽夠了！」

他將她整個人抬進了睡房，將她壓在床上，強暴了她。

當他冒汗的手掌像泥石一般按著她不住無聲尖叫的嘴、在她陰道裏肆意抽插的一刻，她到現在仍然記得他的通紅雙眼——就像那隻深夜裏凝望她的猴子。

阿蓮後來覺得難以置信的是，她當時竟還曉得先到沙田一間她之前光顧過的藥房買事後藥，然後才懷著身心的劇痛——她的胸、手、腳和下體都有瘀傷——兩眼紅腫著在家門前出現。

她沒有告訴家人他最後做的事，只是灰灰地說：她和他完了。

她的家人到了當時才發現，事情原來已嚴重到了極點。但他們早已將他看作女兒的「未婚夫」，竟然叫阿蓮回心轉意，不要任性，畢竟他一向對她很好。

她卻沒理會，只一味躲在家中，躲了一個星期。她的家人不停聯絡他，他也嘗試打電話給她，她卻一味拒絕。家人叫他親自上門哄她，他卻沒做——阿蓮現在猜度，他可能害怕她被逼進窮巷時會將他做過的一切都抖出來，他當然不想坐牢！

最後，家人和他都不再要她回去，她也吁了一口氣；然而，下一個惡夢現在才開始。家人都埋怨她太衝動，她媽媽甚至說：「妳自己和他走在一起，一開始就清楚自己是二奶，心甘情願，一開始就在犯賤，但人家沒說過要丟甩妳啊，還在妳身上花了不知多少錢！他是有情有義的，是妳不爭氣，沒情沒義，妳有沒想過會有一天等到做正印的？他根本已不想要自己老婆，妳年紀還小，青春就是本錢，還可以等很久，為甚麼不等？卻硬要犯賤！」

她感到自己活在家人的憎惡之中。她對自己說：沒理由的、沒理由的，明明是他，他根本在耍玩她，當她是一隻寵物。她心中的傲氣令她不將強暴的經歷說給家人聽：不是因為怕事或丟臉，而是她覺得家人應該早就看透他、同情她，結果家一點同情都沒有。她不屑將她的苦痛告訴家人。

不久之後的一個晚上，阿蓮離開了家，獨個兒四處蹓躂，心裏很不願回去。她自忖：孤獨還好，孤獨的話，至少不會遇上應該最愛你的人卻在恨你、罵你犯賤。應該、應該，這世上沒有應該不應該的，應該的已成了不應該，不應該的卻又成了應該。她滿腦子一團糟，卻又覺得自己一生以來——也不過二十年罷了——從來沒有更清醒的一晚。

阿蓮不經意地循最多人的方向走——登上最多人上車的巴士，在最多人下車的車站下車……最後（也很理所當然地），她來到了旺角。她先閒逛朗豪坊的名店，然後轉入山東街、橫過彌敦道，在西洋菜街的小販攤檔和人群叢林之中到處走，到了登打士街就又一次橫過彌敦道，沿上海街前行直至油麻地——這時她心情更差了，只管胡亂遊盪，結果盪進了廟街，看遍林列街頭的二手貨、舊貨、假貨，各種占卦和唱戲的人，又在幾間壁架上疊滿色情光碟的小店裏待了很久——她不住好奇地觀看一列又一列的裸女封套，鋪裏卻沒有一個男人因而對她多瞧兩眼。

再之後，她轉入一條被汽車擠得水泄不通的街道，沿著街道朝旺角的方向走——直至發現眼前是一片眩目的紅紅黃黃。一個個亮著霓虹燈的招牌，俗麗、誇張而毫不尷尬地向她和所有經過的途人搖曳招展。

她終於察覺到，她正站在砵蘭街上。

她忽然很想將一身衣服都脱掉，大聲喊說：

「我不怕！」

她心中掠過兩年以來的一幕幕：只要有他的回憶片段——他對她的甜言蜜語、他對她家人的阿諛——現在都令她感到虛假、噁心。一切都引領至那個可怕的晚上，再引領至一雙通紅的、動物的眼睛。

她深呼吸一口氣，然後不住跑——也不管途人的注視——直至她來到砵蘭街與山東街的交界。

馬路對面，是她兩三個鐘前到過的朗豪坊——一個燈光明亮、品味高雅的處所，裏面的店舖裝飾得很精緻，餐館有各國美食，他以前也帶過她和她家人進去吃飯的。

她只要往前走，就能回到她熟悉的世界。

但她折返了。

「男人都不過是要操我，那就不如順便掙點錢！」

她拿出手機，打電話回家。是姊姊接聽的；她不待對方多說半句，就一字一頓地宣佈：

「我從這一晚開始搬出去住，不唸書了，麻煩你們替我通知大學，遲些再聊。」

她看見前面不遠處有一個垃圾筒，就神經質地微笑著，一個箭步走到垃圾筒前，將手機扔進去。

之後，她往最接近自己的一個又紅又綠的招牌走過去。

「你們說我犯賤，我就犯賤到底！」

* * *

阿蓮在同一間夜總會裏幹了三年。客人和同事（尤其是曾和她一起出鐘的）都說她十分豁出去，「甚麼都願做」，有時客人還要叫停她，說：「夠了夠了，我不是變態的！」一個客人事後甚至說：是他付錢被她操，多於他付錢操她。加上她既年輕又有姿色，她在夜總會裏很吃得開。只是她不喜歡被鴇母和龜公管著，一心獨來獨往，終於離開了旺角，在馬頭圍道租了一個唐樓單位當一樓一鳳──那一帶本就有好幾座大廈（包括她那座）是有一樓一鳳的，多了她的檔口，鄰舍也見怪不怪。

她一直有聯絡家人。她從沒告訴他們新電話和新地址，卻煞有介事地跟他們說：她已當上了婊子。她的父母氣得幾乎要找律師和她正式斷絕關係，最後只因害怕丟臉而罷手；他們每當聽到她打電話回來，都不會說話，只逕自將話筒交給姊姊。她只和姊姊偶爾見面，姊姊正是在最近一次見面時告訴她：那個男人已死於癌症。

阿蓮遇上阿康的一晚，她本在紅磡一間酒吧裏呷著啤酒等待勾搭；她腦袋裏的半分酒意，加上兩天前聽到那男人去了的消息，一起令她思如泉湧。她心裏想像他的妻子和兩個女兒，站在他冷冰冰的屍體旁邊，哭個死去活來。她自己也好像想哭，卻發現淚水全乾掉了似的。她忽然有一種「告一段落」的感覺，登時吁了一口氣，又對自己說：我已經不是以前的我了。

阿康於這一刻走進了酒吧。他從容地在她身邊坐下——她察覺到，他看她一眼就知她是妓女，亦看出他是老馬識途的嫖客，是那種喜歡先聊兩句和請她喝點酒的、有情趣的客人。

他果然跟她說：「要多一杯嗎？還是別的甚麼？我請。」

她迷人地笑著，正要答話時，他卻忽然說：

「但我只喝水就行！」

她先是呆了一呆，繼而哈哈大笑，笑得合不攏嘴。

正午

阿康和貓叔一起離開茶餐廳時，阿康很擔心阿蓮會不會站在附近當眼的地方等他——要是讓阿蓮和貓叔兩個再碰面，不知又會發生甚麼事情……

幸好茶餐廳外完全沒有阿蓮的踪影。

貓叔冷笑說：「你的妞兒跑到哪裏去了？」

阿康低聲下氣地答說：「我想她害怕得逃了。」

阿康這一答果然奏效，貓叔嘆一聲說：「我說過，算了吧，犯不著為這等小事跟一個妞兒計較，她今天已經夠倒霉。但你一定要找到她，要是你想她有命和你再上床的話。」

貓叔走後，阿康在茶餐廳四周亂逛找阿蓮——結果，他在一間便利店裏，看見她一手拿著報紙看新聞，另一手在用長木簽吃六件裝的燒賣。

他走到她跟前兩三步才沉聲說：

「喂！」

阿蓮眼睛仍然在看報，口裏卻一邊嚼著燒賣一邊含糊地說：

「要吃燒賣自己拿。」

阿康撥開她的報紙瞪著她說：

「妳就只會吃！兩個多鐘前才吃過早餐，現在又吃燒賣，妳不怕胖的嗎？」

「我就是不怕！我吃多少都不胖！你看我現在的身材不也還是一樣窈窕！」

阿康沒好氣地說：「妳肚裏有蟲！走吧。」

阿蓮低頭迴避他的眼神，柔聲問：「你不惱我嗎？」

「不要說廢話了，走吧。」

「我還未吃完——」

阿康立即拿起只剩下兩件燒賣的微波爐膠盒，隨手將它扔進身旁一個垃圾筒，說：

「就當是我吃了，說到吃東西我一向都是一個垃圾筒。」

兩人離開便利店時，阿蓮囁嚅說（她已將報紙夾在腋下）：

「我見你沒打電話來，以為你惱我了。」

阿康卻說：「我根本沒有妳的電話。我早應該問妳，卻一直忘了。」

阿蓮說：「但我……」

阿康停下說：「沒關係，妳現在將號碼告訴我。」

阿蓮拿出手機，說出號碼，阿康以自己手機打出去……

誰知屏幕上竟出現了「阿蓮」的名字。

阿康莫明其妙地說：「看來我已有了妳的電話……」

阿蓮攤攤手說：「我昨晚已告訴了你。」

阿康嘆一口氣說：「看來又忘了……妳肯定我沒喝醉？」

他忽然朦朦朧朧地意識到一些事情，連阿蓮接著說的話都沒聽進去，只是站定在街上沉思。他的頭有點隱隱作痛，心裏很不舒服，只覺陰影重重，卻又不知道確實是為了甚麼。

阿蓮的大力一推終於令他醒轉：

「嗨，沒事嘛？」

阿康搖搖頭說：「沒事，沒事——我們到哪裏去？」

「應該由我問你才對。你兩點要向叔父們報到的，忘了嗎？」

阿康尷尬地笑說：「啊，對（認真想了想）我們先回九龍城——不，不，先讓我打一個電話。」

阿康拿出手機，按了幾按後，另一邊傳來聲音說：

「我早知道你要找我。」

阿康苦笑說：「你聽到了？」

「誰沒聽到？這麼糟的事，很快傳遍港九。」

「我只是想問你……」

「我幫你沒問題，但要是你那邊的人知道你來找我，你會更水洗不清。」

阿康深呼吸一口氣說：

「我只是想問你，水和有沒有我們的貨？」

電話另一邊沉默了兩秒。

另一邊終於再說話：

「你一個半鐘後到我那裏。」

然後掛線了。

阿康茫然收起手機。阿蓮擔憂地問：「怎麼了？」

阿康說：「我們去炮台山。」

「炮台山？你要見誰？」

「我在水和的接頭人。」

阿康一邊說一邊開始急步走。

阿蓮緊跟著他說：「炮台山？他們不是在太子道西的嗎？」

「我們當然不會在大家的地盤見面，被人見到了怎麼辦？」

……

坐地鐵的途上，阿康奇怪地感到時間過得很慢。從一個站到另一個站，列車走得像累極的驢子，到站後又要等好久才起行，就連車門關上前那些警告響聲都像垂死病人的苟延殘喘。

阿康自忖：他和阿蓮還有好幾個鐘才真正臨到末日審判，可是現在已像等待行刑——那種像永恒那麼久的、與死亡的相會。其實人都一樣：死的一刻是比較能忍受的，反正很清楚一刹那就沒了；最要命的，是等死……但活著本就是等死：下一刻永遠都有可能是最後一刻，直至你自己以死亡去了結可怕的期待為止。想著想著，他心中只有無盡而沉重的、令他渾渾沌沌的翳悶。

忽然有人拍拍他胳膊：「康哥！」

他轉頭回望：是一個穿白色汗衫、戴眼鏡的高瘦青年，青年另一隻手正抓住車廂頂的扶欄。

阿康高興地說：「啊，阿樂，很久沒見，想不到會在地鐵碰上！」

阿樂笑著答說：「對啊，康哥！」

兩人沉默了一會兒，阿樂只是微笑著與阿康對望。

阿康開口說：「我們上一次見面是甚麼時候了？」

「啊，差不多……嗯……快七年了。」

阿康點頭：「對，也快七年了。當時我才剛剛入行……」

「不，你當時已升作白紙扇，我還記得坐館常常稱讚你會管賬又會管人……」

阿康哈哈說：「對啊，我當時已是白紙扇……唉，都是很久以前了。我當然會管賬……」

阿樂接上說：「因為你以前做財經的，管基金嘛，你跟我們說過很多遍了！」

阿康笑說：「其實也沒甚麼好說，但當時就不住在說……」

「我們那時候過得很好！」

阿康回憶了片刻後說：「很好？我也不敢說。我們白天看翻版工場和麻雀館或追數，夜了就走舞廳，有幾次更運私煙。我們還說，難得坐館派我們跟大買賣，可要加倍小心，做得漂漂亮亮！當時很忙，對不對？一整天不是對著賭鬼就是色鬼，一整天都是……」

阿樂卻說：「我們也很快活！人人都怕了我們，我們是管賬的嘛，有甚麼差錯向上面說了，他們就麻煩了，阿公最討厭私下抽水的！我們不是常常有免費雪茄、免費魚翅鮑魚宴……哈哈，不用說免費妞兒！」

阿康跟阿樂心照不宣地笑說：「你還好說，有幾次我們弄得很荒唐，我也無謂再提了。但是，你知道嗎，每天都是和不情願的婊子睡，睡多了，管她多正點，總會想到她只因為老闆叫她出差而陪你，很不是味兒。」

「想來當然不是味兒，但康哥你可不一定要想的！我那時和其他兄弟都說，康哥你想得太多了，人想得太多，就會慢慢變瘋。」

阿康自嘲地笑了一笑說：「看來我這麼多年後還沒有瘋，大概是我已學會了不多想——」

阿樂大笑著說：「或者學會了統統忘掉！」然後再拍拍他胳膊說：「康哥，那幾年你總有坐館替你撐腰，又風光又不用揹黑鍋，多好！」

阿康笑說：「有福大家一起享，我還得多謝你和幾個跟我的兄弟，很賣力替我做事，多少髒活都由你搞定了——說起來，我第一次見你時想不到，到現在仍然覺得難以置信，看你這四眼書蟲一般的模樣，原來打人那麼了得，有人給你起了一個外號『瘋狗樂』，改得太對了。」說時還輕輕用拳頭打了阿樂臂膀一下。

「哈，我們都是為康哥做事罷了。康哥你要步步高陞，就總得有人替你打江山。我也數不清為你令多少個欠債不還的人斷手斷腳！你記得嘛，哪管那人多窮多沒錢，有多少孩子，你說他還不了錢就是還不了錢，總得做點事，於是免不了打一頓，還要當著他的老婆孩子面前打才有『劇力』，你是說『劇力』的，我們聽了都笑！還有啊，有幾次遇到有婊子不願做這個或那個大客，你叫我們一定要立下馬威，於是我們寓工作於娛樂，又打又操，尤其是朗哥，你之後還稱讚我們做得夠盡，開陳年法國紅酒給我們！我和其他兄弟都高高興興地喝到大醉，儘管我完全嚐不出它跟一般幾十塊一支的有甚麼分別。記得嗎？那時多快活！」

阿康大笑說：「當然啊，大家一起做事，一起快活！」但一邊笑一邊心底感到難以言喻的不妥。他只得順著阿樂的語氣，盡量胡謅一些馬馬虎虎的話應對他。

阿樂續說：「我們兄弟一夥都是同聲同氣的。我們都是一開始就預備了為你出生入死；為了你的榮華富貴，我和其他兄弟做甚麼都願意，就是丟掉自己的賤命，也算不了甚麼！」

阿康尷尬地笑說：「你們兄弟太看得起我了……」

阿樂卻自顧說下去：「我記得康哥你有一次，摸著酒杯底很唏噓地說：你很想明白做壞人是甚麼一回事。我和朗哥和另外兩個兄弟聽了都大笑：我們都在當黑社會了，還不是壞人了嗎？大家不是都很明白了？但康哥你說：『我還不明白。我還未夠……嗯……未夠壞。』朗哥立即搭嘴說：『我們現在就上大富豪壞個夠！』我也說：『對啊，康哥你來個一皇五后，我擔保你壞得明天走不動！』

「康哥你卻只是傻兮兮地望著酒杯裏的紅酒，不著邊際地說：『這酒杯上有我的倒影，拉長了，一片深紅色，怪怪的，可是我的臉孔其實跟以前還是一樣……不，不（康哥你一邊自言自語一邊大笑），我不是要整容！但不，對，我想整容，我要試試，換了臉之後會是怎麼樣的。』

「我們聽下去都覺得不對勁，朗哥於是說：『康哥你喝多了，我開車送你回家睡覺！』康哥你聽後想了一想，就和朗哥一起提早離開。

「可是康哥你根本沒醉；但我們兄弟不會怪你的，畢竟你從頭到尾都沒說過你醉了！一切都是朗哥和我們說的。

「你後來在車裏和朗哥說的話，不要說我們兄弟始終不知道，就是知道了，也不會怪你。」阿康這時留意到，阿樂的白色汗衫正漸漸滲出紅色的血迹。阿樂仍然很健談，但阿康已記起了。

阿樂說：「康哥你和朗哥最熟絡，朗哥是最能幫你忙的，你和他一起談你們的秘密大計，我們兄弟只會站得遠遠地聽候命令。

「你和朗哥談的，其實很合理。你們計劃殺死水和的大龍，你立了功就可以升作我們義貴的坐館。你說得很對，要當坐館就得幹點驚天動地的事！但是，水和那陣子與我們沒有爭執，大家相安無事，你們要是殺了人家一個大佬，阿公只會砍下你的人頭去安撫人家，不然就要爆發第三次世界大戰了。

「怎麼辦好？你想著想著，終於給你想到了點子。你是從電影得到靈感的！你那時和我們一夥人看《無間道》，很好看，對吧？但我們都說，黑社會怎會都是穿得一身黑黑的酷得要命！

你卻只是不住回憶曾志偉的一句話：『一將功成萬骨枯。』你開頭的反應是：想吐！為了自己的虛榮，令成千上萬的人統統死掉，那人一定是變態的！但正因為這樣，你更不能忘掉那句話。

「你還想到，主使打仗的人至少可以騙得士兵心甘情願跑來當炮灰，因為他可以對他們說：你們都是為了民族大義而去當炮灰的！他絕對可以說得很響亮，一呼百應！但你呢？——你不過是想當坐館。騙我們當炮灰的一條路，你覺得走不通，於是你決定完完全全地出賣我們。騙人家為你賣命和出賣人家很不同：騙令我們覺得死得光榮，還留給我們一點犧牲小我救活同胞的關愛溫暖；被出賣卻是一丁點溫暖都沒有的，只有冷冰冰的刺痛——要是我們知道被出賣了的話。還好，我死得快，死時還未知道，哈哈！」

阿康此刻最覺古怪的，竟還不是阿樂說他已經死了，而是阿樂的語調——但阿康一時之間又說不出古怪在哪裏。要到當天稍後他才明白：七年前的阿樂很寡言，也不會說話，這一趟在地鐵，卻流俐地、甚至算得上文縐縐地口若懸河——這一趟，阿康所見的阿樂說起話來，竟然像阿康自己心情煩亂時的口吻。

「你對朗哥說了『一將功成萬骨枯』這句話的意義——你最信任他的——但我想朗哥不很明白你說甚麼；他只明白你想當坐館。他要知道的，只是你要怎麼走這一步。你於是叫他叫我們某個晚上一點半在諾士佛臺入口等你，但不要張揚，最好不要讓社團的人見到。我們想也不想，問也沒問，就依朗哥的吩咐赴約了。你和朗哥預先收到了風聲：大龍會在那個時候經過我們等你的地方；你還暗地裏跟水和通消息，說我們有人到時會埋伏好，預備殺大龍。當大龍來到諾士佛臺時——他已特意再找好幾個人一起走，他們全都帶了開山刀、預備了見血的——他的兄弟有人看出我們是你的人，又閃閃縮縮想逃似的，就都抓住我們，我們當然不忿嘛，頂嘴幾句之後他們就動真格了，我們都被斬得（阿樂哈哈大笑）——啊！被斬開幾十件呢！你們讀書人說的千刀萬剮！而我，我到斷氣的一刻，都仍然在想：但願康哥和朗哥沒事。

「你們當然沒事，因為你們都躲到銅鑼灣喝酒了；之後你們還跟上頭說，大龍和你們一向河水不犯井水，現在竟然殺了你們一夥兄弟，大龍卻還胡說你們的兄弟要殺他在先！你們以一副義薄雲天的表情對上頭發誓：你們一定要替兄弟報仇！於是，你們有了一個立功的機會，又不會被上頭看作無端生事了。

「康哥你於是又一次動腦筋。你們用阿公的錢從大陸請來一個專業槍手，給了他一柄AK47，安排他在一個下午躲到大龍必經之路上的一層房子裏。當大龍在下面走過時，他開了四槍——第二至第四槍其實只是以防萬一——首兩槍中頭殼、第三槍中胸膛，他開最後一槍時已被人完全圍攏著，結果子彈令他的一個兄弟從此跛了。之後，水和與我們談判，卻竟然談得攏，因為大家確認在諾士佛臺被斬死的一夥兄弟，相當於一個大龍，即是大家打和了，於是又再相安無事，總之兩幫人都有臉下台。你卻不只有臉，還升作坐館，朗哥也成名了，他今天能夠自己當上話事人，當年殺大龍的功也很重要！」

阿樂這時已是全身血迹斑斑，眼鏡的玻璃也破裂了，但仍然一手抓住車廂頂的欄桿，起勁地跟阿康聊天。

「我總是直話直說的，康哥！我和兄弟都很有義氣，為了讓你飛黃騰達，挨幾十刀又算甚麼！被你出賣，被你騙掉小命，又算甚麼？！」

阿樂這時雖仍在笑，但笑容裏已有點機械的歇斯底里。

阿康戰抖著說：「阿樂，對不起……」

阿樂搖頭笑說：「康哥，不要緊！」

阿康痛苦地說：「對不起，對不起，阿樂，還有其他兄弟！我……我其實……唉，我不是為了要當坐館才騙你們的，當坐館只是我給阿朗的藉口，不然他不會明白……那也是我給我自己的藉口……但我只是想……我只是想做一樁壞事，一樁徹徹底底地壞透的事……」

「喂！」

阿康驚醒了。

阿蓮說：「你發惡夢嗎？喃喃自語說甚麼『壞事』！」

阿康沒答她，只逕自抖擻一下說：「到了嗎？」

「我們到金鐘了，要轉車啊！」

阿康看看四周：車廂裏挺多人，比他上車時要擁擠得多，他剛才的「喃喃自語」一定很尷尬，令人人都看著他——現在卻是人人都別過了臉，除了阿蓮。

……

和幾個鐘頭之前一樣，他們又早到了。唯有在人多熙攘的春秧街街市打發時間——阿蓮主動拉著阿康的手，在眾多檔口之間遊逛，看過人家表演割喉殺雞和大刀切豬肉之後，又細賞花檔的奼紫嫣紅。

阿康一直都是神色凝重，很寡言。他唯一主動說過的話，是問阿蓮：

「妳有沒有看見一個戴眼鏡、又高又瘦的人跟我說話？」

阿蓮說：「戴眼鏡的人到處都是，剛才車裏也有很多啊，但跟你說話？沒有！」

「算吧。」

阿康又住口了，之後和阿蓮的對答都是一句起兩句止，心不在焉。直至應約時間快到，他就帶阿蓮走上炮台山，穿過橫街、登上某幢大廈，爬了兩層樓梯、到達一個單位的門前。

阿蓮以為阿康會按鈴或敲門，誰知阿康只光站著；不消瞬間，即有一個和阿康差不多年紀但身型較胖的男人開門。

男人和阿康都沒說甚麼；阿康示意阿蓮一起進去。

阿蓮看見單位內各房間的沉色木門都關上了，木門圍著一個空蕩蕩的大廳，望過去有一張可以摺起、常見於大排檔的四人餐桌，餐桌上有兩個黑色旅行袋。

男人指著旅行袋對阿康說：「都在裏面了。我可以保證，沒有其他。」

阿康說：「他是甚麼時候……」

「昨晚。你見了我之後不久。我想他對你撒了一個謊：我看，貨昨天大清早已到，不是昨天晚上。」

「你怎麼……」

「我早說過，你們的事，我們知道得很清楚。」

「但沒可能的，難道你四處打探那些貨的下落，很張揚呢，還能夠一個鐘之內收到了……」

木門忽然打開，一個只剩幾抹蒼蒼白髮、雙目卻炯炯有神的男人——他一身老舊襯衣西褲，像中環或上環那些老字號花梨傢俱鋪子的老闆——緩緩走出來說：

「我去問，我去收，半個鐘就全做妥了。」

阿康暗叫一聲：「糟了！」

隨即大叫說：「阿蓮，向水和的龍頭讓爺問好！」

阿蓮給阿康突如其來的語調改變嚇得麻木地照說：「讓爺您好！」她心裏只是想，阿康是康哥，早陣子見的是貓叔，現在是讓爺，應該不會有輩份更高的甚麼祖師吧？

讓爺點點頭，走上前，坐在不知何時自餐桌下拉出的一張圓摺凳，然後徐徐說：

「你以為你和我們的人私下通消息，我會不知道？你以為我是聾是盲的？他從來都是我先批准了才敢到來和你見面！我看你們二爺也一直知道吧？對不對？」

讓爺聲線平和中暗藏咄咄迫人的氣勢，阿康只一味不作聲看著他。

讓爺續說：「二爺當然不會被你瞞得過去，我看他說不定比我更高一著，知道了卻沒說。我看，他很信得過你，那麼樣的話，裝作不知也好。我不再亂猜你們的家事了！總之，我們有的是規矩，規矩是要跟從的，但我們都想有些信得過的人私下來往，那會省卻很多麻煩。昨天你不是和他見過面了？他跟我說了一切，你鋪排得很仔細，但也有天大的膽子，我看你骨子裏一定是瘋了、腦袋不知怎的壞掉了！要是我告訴二爺，你看他們會用甚麼家法對付你？」

阿蓮兩眼都是疑問，望著阿康，阿康也低聲自語：「我鋪排過甚麼？我鋪排過甚麼？」

讓爺說：「你不要再裝蒜了！你當年殺大龍，我從來沒有和你算賬，因為是他殺了你的兄弟在先。但這一趟就得另計。先不說你原來的爛計現在一定行不通，就只說你要收回這些貨——我們已經付了訂金，你卻又反口要將貨收回，你以為我們會乖乖地讓你和阿朗兩個拿了錢捲逃嗎？你想收回，就先得退錢，再加十分之一擺平。」

阿蓮憤怒地看著讓爺，卻不敢說任何話，還覺得自己像一根燈柱似的被牢牢釘緊於自己所站的位置。

阿康倒沒有她緊張，只皺著眉頭說：

「讓爺，我退錢還可以，再加十分之一卻肯定做不到，這個我看你根本是知道的。你大概也知道我和阿朗兩點鐘要去見叔父；即是說，我一定要現在就拿回這兩袋貨。可是錢在阿朗那裏，我一時之間也不會找得到阿朗。即是說（他像是在解釋甚麼理論似的——他腦海中忽然閃過唸大學時一個微積分教授講述某證明時唸經一般的語調），你有事要我替你做，我只要答應，你就會放過我，和讓我拿走這些貨。這事大概不容易，但至少比起立即退錢再加十分一，更能給我一線生機。」

讓爺聽了阿康的話先是大笑，人也比較鬆弛了，原來蹺著的腿現在張開來，雙手各自垂放在腿上，一氣呵成地向阿康說了他的要求：

「你們搭了線，和金三角一個頭目談新財路嗎？你先得告訴我，那人是甚麼人，如何聯絡，他叫價如何，你們現時叫價又怎麼樣。然後你要告訴你們那邊，你收到風聲，他的貨其實不像他說得那麼棒，還常常偷工減料，要是他不願降價的話，就不如拉倒。再之後的事，你不要管。就是這樣。你答應的話，隨時可以拿走兩個袋子。」

阿康笑說：「要是我答應了，拿走了兩個袋子，脫了身之後，為甚麼還要為你……」

「你不是這麼糊塗嘛，我們哪會不留一些把柄？還有啊，這些年來，要是一個人答應了我做一件事而不做，你知道他會有甚麼下場？不要嫌老人家囉唆，但我吃鹽比你吃米還要多！」

讓爺這時看看腕上的金錶，然後站起身對阿康說：

「我走了，這裏的事你跟他談就行。你不如和你的妞兒先去吃午飯，想一想，然後才跟他說。他會在這裏待到十二點半，十二點半還沒有你答覆的話，他就會走，你就只剩下還錢一條路——不，還有一條死路的。走甚麼路，由你自己決定。」

讓爺神經質地笑了笑，同時朝著大門口從容地前行。

另外那男人立即跑上前替他開門——這時阿康和阿蓮看到，原來大門外已站了幾個大漢，都是他們到來時沒有看見的。

男人關上門和送走讓爺後，對兩人說：

「你們等幾分鐘，先待讓爺走遠，不要煩著他。」

那是沉默但心裏充滿交戰的幾分鐘——三人都沒作聲。阿康低頭來回走動，阿蓮則挨著牆不作一聲。男人一動不動的坐在剛才讓爺坐的椅子上，默然不語。

阿康和阿蓮離開時，門外的大漢都不見了。

阿蓮一邊走一邊問阿康：「剛才房子裏只得你的接頭人，他們不怕我們趁機搶走那些貨的？」

阿康嗤笑說：「他們怎麼會怕？但妳有沒有留意到，有兩間房的房門從來都是關著的？」

阿蓮緊張地問：「你說裏面可能藏了一夥人，隨時走出來……」

阿康搖頭大笑說：「我甚麼都不知道，甚麼都不知道！不如先吃飯，好不好？」

阿蓮此時已六神無主，只說：「你說去哪裏就去哪裏！」

「好，由我帶路，我給妳介紹一間很不錯的茶餐廳，我每次過來炮台山，總會走進裏面吃喝點甚麼。」

「又去茶餐廳，今天第三次了……」

「這地方很不同，它有差不多一百年的歷史，聽說前陣子幾乎關門大吉，和整條街一起被昌華買下建屋苑，但後來不知怎的又不結業了，好像因為它的老闆跟楊耀昌楊耀華是有交情的。而且女兒最近遇上交通意外，坐著輪椅和他一起去求情……我都是道聽途說的，總之他們沒關門就是。」

阿蓮果然開始有點興趣，步履也加快了。

阿康苦中作樂地笑說：

「可能過了今天之後——假如真過得了今天的話——妳這輩子再去不了任何茶餐廳，現在要珍惜每一個機會！」

阿蓮步入茶餐廳之前，看了一眼大門上的招牌……

她不禁神經質地笑了笑，在心裏自忖：「這是甚麼？天方夜譚嗎？走進去會遇上各種奇怪故事的？真希望有個阿拉丁燈神替我擺平今天的大禍！我只想平安渡過今天！」

兩人在一卡座的兩邊坐下後，阿康看看卡座的木板，跟阿蓮調侃說：「這卡座下的空位，大概可以藏得下一個人，我很想趁沒人留意時揭開它，試試躲進去！」

本來憂心忡忡的阿蓮竟也被他感染到了：「我看你太大塊頭，躲不進的，我就行！讓我待會兒試試，說不定可以躲足一天，避過那些貓叔和讓爺！」

「試試試，妳還是先吃飽飯！我給妳介紹——他們的咖喱很不錯，聽說在炮台山幾十年來都以咖喱馳名，還有雲吞麵也是，可以和香港三大雲吞麵店相比……」

阿蓮笑說：「我就要咖喱雜菜飯，清淡無肉的吃一頓，待會兒死也死得比較乾淨。」

阿康則叫了一客雲吞麵。

兩人其實都沒有胃口大吃大喝，只想嚐一點美味的東西，享受一下人生的小樂趣。吃飯時，阿康不斷說些無聊笑話，逗阿蓮和自己開心；阿蓮也有附和的，只是語氣和笑靨都有幽幽的陰影，覺得自己和阿康像死去的鬼魅在談天。

忽然，阿康的臉色變得認真而嚴肅——就像是一剎那之間的改變——自言自語說：

「我要問問他。」

他隨即放下筷子，喝一口奶茶，吞下正在嚼著的麵條，然後拿出手機，在阿蓮面前打出去。

阿康板著臉說：「對。不。你還嬉皮笑臉？你覺得很好玩嗎？你和我和一個無辜的……我再說一次，我只是為了我自己，你做得出……你住口，我要問你一個問題：你剛才送去給貓叔的貨，夠不夠數？你不要管我！我問的是，夠不夠阿公要我們買的數？……你肯定？」

阿康沒再說半句就關上電話，對阿蓮說：「可以賭一賭。」

他然後打出另一通電話：

「是。你告訴讓爺，我不要回兩袋貨了。」

阿蓮聽到另一邊變得激動的語氣。

阿康續說：「第一、我沒有錢。第二、要是我當讓爺的內鬼，那我就死定了，終有一天不是被自己人行家法，就是被你們幹掉——鬼都是死定了才成為鬼的，內鬼更是，你說對不對？」

另一邊又說了幾句話，但語氣已變得低沉。

阿康答說：「你們說出去也沒有人會信的。我們阿公先前訂了的貨已足夠交數。我有貨給你們，都只是因為和那邊的人熟，有些贈品可以轉賣。……你算了吧，沒有人相信你的，他們只會以為你們想離間大家。」

阿蓮聽到電話的另一邊截然掛斷。阿康愣住了。

阿康對阿蓮說：「我看他會過來。」

「過來這裏？」

她的話還未說完，就看見和阿康接頭的男人匆匆走進了茶餐廳，往他們跑過來。

阿康向阿蓮說：「他們一直有人跟蹤著我們。」

男人沒問過阿康，就逕自坐到阿康身旁，將阿康逼往牆邊。

他望著阿康說：

「你還是先想清楚，現在才十二點，我還未跟讓爺說。」

阿康冷冷地說：「要想的都想過了。」

男人語重心長地說：「讓爺不會放過你的。我也不是知道得很清楚，但我猜他一定還有底牌。他一定有辦法向你那邊的人證明是你和阿朗賣貨給我們，因為讓爺這趟是一心要你死的。他說他沒記著大龍那一筆，根本是廢話，他這些年來最記在心上的就是那一筆。他讓我和你接頭，也不過是鋪路的一著。阿康，你很會鋪路，但叔父們更會鋪路，鋪得比你更長更好走。」

阿康故作氣定神閒地喝了一口奶茶——他這時留意到阿蓮只是怯怯地瞪著他們，心想：

「這妞兒一定慌極了，唉！」

——然後他只是說：

「要喝一杯甚麼？還有你那些跟蹤我的兄弟……」

男人怒說（卻也特意壓低聲音）：

「你還說甚麼廢話，甚麼跟蹤！是你昨天說，交收出了岔子的話，午飯時在天方等，我在你打電話過來之前已經朝這裏走，後來收到你的電話時，已遠遠看見你在裏面！」

阿康呆呆地問他：「我昨天還說過甚麼？」

「你真的忘掉了？」

「告訴我！」

「你說，你一直知道阿朗想賣貨給我們，你只是不作聲讓他做下去；但你已暗中請了人，當阿朗的人送貨過去給我們時，會在途上幹掉他們。然後你會說，貨是給阿公的，但水和竟然收到風聲，攔途截劫，還殺了你們的兄弟！」

「為甚麼我要……」

「因為你想引發第三次世界大戰！你想義貴跟水和兩幫人殺個痛快！」

「為甚麼……」

「我也問你為甚麼，你只是說，你討厭這一切，這一切都該死——你說，我們這種人，全都是人渣、垃圾，會像病菌一樣傳播、污染、腐蝕這個世界，不是令別人吃苦，就是令別人變得一樣污穢。你說我們都該死！」

阿康臉色又一次變得慘白：「我對你說了那些話？」

「你還說，反正逃不掉，還怕甚麼？但是，你要留一個活口，才叫我做好準備，躲起來或著草。你一直以為我私下和你接頭是自願做的，以為我是為了不想有人傷亡，我們果然成功了，有好幾趟兩幫兄弟差不多要跑到街上血肉橫飛，都是我們及時阻止的。你說完全信任我，因此才對我說出你的鋪排。我要多謝你看得起我，但說穿了，阿康你要原諒我，我其實也是人渣，你早應該看出我和其他人沒有兩樣；你又怎能相信一個人渣？但是，正因為你警告過我，我現在還一個人情給你，我再警告你一次，只是一次……」

阿康忽然大力拍一下自己的額角說：「我記起了！」

他瞪著阿蓮柔聲說：「妳不用擔心，我會用盡辦法讓妳脱身。」

接著他十分堅定地望著男人說：

「你聽著，我受夠了，我要趁自己未忘記所有事情之前，做一趟有骨氣的人，哪管只是一天或幾個鐘！你回去跟讓爺說，我是不會做內鬼的，叫他死心。還有啊，順便替我叫他去死，他和我那邊的叔父一樣，統統都應該去死。我說完了，你最好盡快消失，讓我們靜靜吃完午飯。」

阿康

阿康背靠黑皮沙發，手肘挨著沙發的扶柄，手裏輕鬆地握著一罐健怡可樂，看去一副悠然自得的模樣。他腳下兩三步之外，是一個躺在地上、被揍得血淋淋的男人。那人與他，彷彿屬於截然不同的、被毫無理由地接合在一起的時空。

他突然回憶起中學時背誦過悉達多的生平。

* * *

阿康與阿蓮憂愁地坐地鐵去見一眾叔父時，阿康忽然回憶起上面的一幕，也回憶起自己當時回憶起悉達多的生平，卻記不清楚血淋淋的人為甚麼被揍。他還記得，沙發是黑色和真皮的，買來不便宜（他曾在查賬時看到那一項開銷）；還有，他握著的飲品，一定是健怡可樂。另外，他也記得四周的兄弟都在吞雲吐霧——兄弟們都覺得不吸煙就不夠酷、不夠「黑社會」，因此煙不離手。阿康卻自有一套很完整的理據堅決不吸煙：既然邪惡的希特拉也是茹素的，他阿康要做一個徹頭徹尾的黑社會的話，總得有一樣生活習慣與「黑社會」剛好相反：於是他選擇了不吸煙。

他在記起悉達多生平後的第一個反應是：「啊，原來是由他開始的，卻給我搞出現在這個爛攤子。」

悉達多是古印度某邦國的王子，自小活在富貴與幸福之中，很年輕就娶了一位賢良貌美的王妃。到他二十九歲、王妃剛誕下二人骨肉之際，他因為在宮外經歷了生老病死的機緣，一夜之間離開了王宮，拋棄過往的生活，四處流浪修行。最終，他在菩提樹下大澈大悟，證得無上正覺，成為佛祖。

阿康對這故事的大部分情節都沒有感覺。他當年要學習悉達多的生平，只因為在一間佛教學校唸書，考試要死記王子的遭遇，亦不免對佛祖和佛教生出厭煩的恨意。至於同樣要死記的甚麼苦集滅道、十二因緣等等，他更是在放下試卷的一刻就自動忘掉。然而，有一個重要的情節，原來在他的心靈留下了不可磨滅的印記（這就是他在黑色真皮沙發上喝著健怡可樂，看著地上的男人繼續被揍時的領悟）——就是悉達多毅然、忽然放棄一切這一點。放棄之後悉達多確實幹過甚麼，對阿康來說還不太重要，重要的是悉達多幹的是和以前完全不同的事情。學生時代的阿康讀到這一節，腦海裏就掠過王子生活的一切（那陣子剛巧碰上查理斯王子與戴安娜大婚，他在電視上看到很多隆重的典禮片段，之後在腦海裏將之「改編」，換成他勉強模擬出來的古印度背景，再繼續胡思亂想下去）。特別是幻想悉達多離宮的一幕幕緣起：他（王子）到了王宮外，看見一個累極的農夫拼命用皮鞭抽打一隻瘦弱的耕牛，耕牛翻起泥土，裏面的蟲蚓被飛鳥的硬喙夾死吞噬，飛鳥又被蒼鷹以利爪刺穿身體攫獵……之後，他（王子）看見一個氣弱無力、瘦得只剩下骨頭的白髮老者，一步又一步顫顫巍巍、孤苦地、無意義地在生命的路上勉強支撐下去……又之後，他（王子）看見一個病重的人，那人每喘一口氣都要用盡所有力氣，卻還是要喘下去，伴隨著微弱的、劇痛中的呻吟……最後，他（王子）看見一個死得僵直、臉上一片詭異而可怖的灰白、曾經是人現在只剩下一堆血膿的身體，被一夥活人抬走。這位王子受不了心中湧現的無數疑問；不久之後，在一個月圓之夜，他離開了金銀美服，離開了嬌妻和孩子，走進了虛空。

很多年後，阿康仍然能夠一邊喝著健怡可樂、一邊記起這些細節——儘管他自中學畢業以後，從來沒有翻過關於悉達多的書。他的思緒只被阿朗的一個問題打斷：「康哥，打夠了沒有？」他簡潔地答說：「未夠。」之後，即繼續沉思下去。

少年的他讀了悉達多的故事，不禁愕然困惑：只因為看見別人的霉運就改變自己一生，可能嗎？更難相信的是，悉達多的改變方式是放棄一切美好——吃得好、住得好、漂亮老婆、可愛的孩子（他在心裏設想）。他記起自己的成長：雖然遠遠及不上王子，但還算不錯，爸爸媽媽都疼他，生活不愁衣食……要是叫他忽然離家出走當和尚，他一定不情願。更何況悉達多放棄的是一個王子的生活！那些出走的理由都很無聊：農夫幹活自然是辛苦得要死的，就像他爸爸有時為公司的差事趕工，兩三晚不睡也沒辦法；更不用說的是，人大多數都會老（除了死得太早的人）、都會病，更都會死，有甚麼值得大驚小怪！他覺得故事很不明所以，要不是為了考試一定要記熟它，他讀不了兩句就會因為情節太無稽而丟開——可是，他竟也為了不明所以的故事，思索了好幾個晚上。考試之後，他不知不覺地不再記起它，卻又在心裏牢牢記住了……

阿康在沙發上得到的結論，正是如此。他相信——那裏面或許有一點埋怨的成分——他離開自己老婆兒女而當上黑社會，都是因為悉達多。「做不了聖人，不如做個壞蛋，總之不能再假下去；我原來是這麼想的。」這是他呷下另一口健怡可樂後的又一個結論——他一得到結論，就叫阿朗等人不再打下去，並笑著告訴一眾兄弟：今天辛苦了大家，由他自掏腰包請吃火鍋（被揍的人之後被抬到哪裏，有甚麼下場，到了他和阿蓮一起的一天，他已忘掉了）。他再呷下一口健怡可樂——有一個兄弟，看去不過十五、六歲的，正在用地拖清洗血跡——心裏又下了一個結論：

「我真是變態的。」

這時，他微微掀動嘴角，笑了一笑。

因為阿康從來沒有後悔。直到他在天方茶餐廳裏激動地說他要「做一趟有骨氣的人」的一刻，他都沒有後悔。他可能會改變，會回到某個以前——或以前與現在之間——的自己；但他並不想望時光倒流。即使時光倒流，他的主意仍然會是那個：投身黑暗的漩渦裏，直至成為漩渦本身；之後會不會走回頭路，將來再說。

阿康小時是一個好孩子。爸媽和其他長輩都讚他乖巧，大人叫他做甚麼他都會做，大人叫他不做甚麼，他都不會做，從不撒野。小孩子還可以怎麼樣？大家都說他長大後一定是很善良也很有作為的人。這預測基本上對了一半：從阿康成年直至三十歲，他都是公認的好先生和有為青年。他唸書考試有點天分，也很努力，成績中上，考入大學後主修財經，除了努力唸書之外，還常常和同學踢球玩樂、「上莊」搞會社等等，很是活躍。閒來他亦會翻看一些文藝書刊和旁聽相關講座，結果說起話來，比一般商科生更像個唸文史的。畢業後，他當上某跨國投資銀行的基金經理，和一個曾被同學評為「班花」（他不是唯一的追求者）的大學同學相戀、結婚。他太太本來在一間本地銀行的外匯部工作，生下一子一女後辭了職專心養大孩子。那時阿康已經又升了兩級，香港正值回歸之前，人人都因為未來神經兮兮、為現在紫醉金迷，彷彿要將鈔票撒遍整個城市，因此阿康雖然要一個人擔起一頭家，但也綽綽有餘。

阿康沒有被回歸後的金融風暴吹倒；相反，他是少數在數字泡沫爆破後熬得過去和繼續打滾的人。他管理的資產，最糟時也保持不升不跌，但更多的是逆市上升；他總能夠在適當的時候將適當的金額投進適當的項目。他的同事、行家——丟了飯碗的或瀕將丟飯碗，看到他的成功後都在妒羨、驚訝。有很多次，他只是心血來潮：「嗯，就買這個，七千萬。」卻完全沒有甚麼分析數據支持自己；結果，七千萬在半天之內變作一億。又有很多次，他同樣是心血來潮：「嗯，要放這個牌號了，全放掉。」結果，就在他放掉之後的一刻，那公司的股價開始下滑，不遲不早。待他再買入時，他已在賬面上賺了幾億。

阿康的花紅讓他買了兩部新車和搬進半山，他應該很快樂很自豪；但他只覺得怪異：沒可能的！世界在他眼前和周遭分崩離析，如何了不起的人都落得折戟沉沙，他卻一帆風順，沒可能的！他甚至開始嘗試故意不依直覺行事。有一趟，他心血來潮要買一隻股票，卻對自己說：「我就是不入貨，看它怎麼樣。」——阿康已有一個被稱為「它」的假想敵，是「它」令自己不斷勝利，是「它」令他不知怎的成了一個不像人的人。誰知道，那股票在阿康按兵不動的一天之內大跌了四成。到阿康賤價買入時，別人都不看好，阿康亦沒有直覺去支持自己的決定，亦正因為沒有直覺才偏要入貨——誰知道，那股票隨即起死回生，跌跌撞撞地如過山車般上上落落了一個月之後（阿康在期間堅持不放）竟然變作火箭那樣——正如阿康和其他同事瞪著屏幕上的股價時的感嘆——飛到太空了！

但阿康仍然對自己說：「我不信邪！」他身邊的同事、同行則繼續被現實打擊得傷痕累累。最可怕的是有一個和他很要好的同事——他們常常一起吃飯、喝酒，呷著健力士說市場行情，說公司人事的是非，說無聊的笑話——在倒霉了大半年後決定當阿康的「影子」，整天跟著他亦步趨地投資，阿康買甚麼賣甚麼，他都照做，阿康也樂於幫助他。總之一決定作大買賣，就打電話到同事的辦公室告訴他。這點子本來還行的，雖然那人總因為比阿康稍遲半分鐘下決定而少賺一些，亦因此總會比阿康做得更盡，阿康買八千萬，他就買一億，心想「反正會賺」。然而有一天，阿康將前兩日買入的某隻股票一次過套現，他一邊按那人的號碼一邊按「賣」鍵，但對方剛巧在開一個其實很簡短的電話會議，阿康於是錄下了留言，同事則到十分鐘後才聽見要沽出。可就是那十分鐘裏，這隻股票驟然跌破兩天前的價位；同事之前傾盡了手上三分一資產買入，結果蝕掉一筆天文數字的賬，牽連很廣，最後更被辭掉。同事沮喪得斷了和阿康及其他同行的聯絡。阿康再次得知他的消息，是聽到他因為破產、房子被銀行收回、人變得易怒甚至常常動粗、妻子和他離婚、他患了躁鬱症，一事接連一事，一環緊接一環之後，在某個晴朗的早上，於一幢大廈的四十樓天台一躍而下——正如當年股市一般疾然下降。

阿康一看到報紙的報道，就設法聯絡同事的前妻，其後還參加了喪禮。他回家後憔悴地跟妻子說：「都怪我沒有及時打通一個電話。」

其實他在返家的途上，已經打了電話給另一個女子訴苦。那女子本來還想跟他一起參加喪禮的，畢竟大家都是同事；但阿康想到，她和那人畢竟不熟，人家看見了會起疑心。女子比他年輕四歲，離開大學才三、四年。一年前自另一間跨國大銀行轉投他的公司，傳聞她是升職跳糟的，那種事情在那年頭簡直是奇跡，更不用說她十分年輕，於是一時之間成了頭號八卦。之後一切都很自然：阿康和她的工種相近，成績又尚可比擬（阿康是公司裏唯一能夠超越她的人），很容易聊得熟絡。阿康知道她曾經有一個男朋友，但分手了；她亦知道阿康有妻有兒，但只是從別人口中聽來的，因為阿康從來不跟她談家庭，她也從來不問。兩人都隱隱感到，那是一個「不必要」或「不好談」的話題，也就不提也罷。

他們習慣了每天收市後相約到附近一家咖啡店喝東西。起初還是三五成群一起去的，不過每天來的人都不同，除了阿康和她。漸漸地，有一兩次，誰都沒空，就只剩下他和她兩人；再之後，他們就自成一國了，還將約會變得私密，下班後故意相隔一段時間才先後離開……

但他們從來沒有再進一步。女子是很想的：她在公司裏說話總是又冷又直、斬釘截鐵，對著他卻很溫柔，像個恨不得依偎到他臂彎裏的小妹妹；阿康卻一味與她保持最後的距離。很多年後，當阿康呷著健怡可樂回憶那段日子，他只冷冷地嘲笑過去的自己，說：媽的，怎麼像個文藝愛情片的男主角，整天幻想著操她卻又要當君子，令人想吐！

（小兄弟已經將地板上的血跡完全抹掉，彷彿他們所在真的是一個貨倉，沒其他用途的了。）

不（他對自己說），他不是說笑的，要是當年他繼續「君子」下去，和女子永遠柏拉圖式喝咖啡，今天的阿康是一定、一定會吐的。但有一天，女子不能再忍受下去。她要阿康作出抉擇，阿康在慾望與責任感的驅使下（當然是慾望的驅使比較強——他在貨倉裏津津有味地回憶），對女子說：「我答應妳。我會對她說出一切。」

阿康向女子承諾的時候，是星期六的午飯時間（他們早已習慣了星期六下班後瞞著同事一起吃午飯）。阿康本來打算當天一回家就說的，但最後在心裏極端戰慄之下，推遲到星期日早上。終於，就在他開車和妻子一起將兩個子女分別送往鋼琴班和游泳班之後，他在司機座上深呼吸一口氣，準備迎接將要來臨的翻天覆地，準備向妻子宣告——誰知道，就在這一刻，他的手機響起；傳來的是一個陌生男人的聲音，電話號碼卻是女子的。對方是一個交通警察，他正在處理一樁交通意外：一個女司機獨自開車經過十字路口時，不知是沒留意交通燈還是趕時間，衝了紅燈，被一輛貨櫃車撞得凌空翻騰三周半才著陸。她死得很快、很乾脆，像她平日在公司裏說話一般。交通警察找到了她的手機後，翻查電話紀錄，看見她最常聯絡的人是他，因此才致電通知，請他幫忙轉告她的家人……

阿康收到消息後一臉慘白，就像十年後他看見阿朗的人將兩袋貨拿走的一刻的面色。他心裏十分混亂，混亂得連悲哀也來不及——他不斷問自己：她這就去了？他算她的甚麼？男朋友算不算？他有甚麼資格為她的身後事擔憂？還要向她的家人發佈死訊？就當甚麼都沒發生過，可以嗎？繼續做個好丈夫、好父親，繼續百發百中地將幾千萬幾十億投往這裏那裏，好不好？

他用盡所有意志力，才能夠安全將車開回家。妻子看見他神色很不對勁，問他甚麼事，他就說一個同事交通意外死了，警察在同事的手機裏找到他的電話紀錄，云云。妻子聽完後，故作輕描淡寫地問：「同事是男人還是女人？」他就十分迅速——太迅速——地答說：「是男人。」

阿康從來不能原諒自己「是男人」的答覆。他不能原諒自己只因為人死了就能夠背叛她——一個活著時可以令他決意放棄一切的人——就能夠以謊話應對妻子的詰問。

他噙著淚默默走往醫院停屍間的途上，腦海裏不住盤旋的，就是這一份對自己的痛恨。

他只瞧了一眼血、肉、骨分崩離析的軀殼，認出黏著血塊而輪廓仍然俏麗的冰冷灰白臉龐，就急步逃出燈火通明的停屍間。

正在這時，他看見遠處有一群男人站在急症室門外，又有一些手持筆記簿或相機的人想走近急症室，卻被那群男人阻止，更被凶惡地恐嚇、揮拳；他還聽到毫不間斷的、充滿惡意的粗言。

這時候，有幾個穿白衣的人焦急地推著一張病床——床上躺著一個一動也不動、身上掛著點滴的人——嘗試進入急症室。男人中有兩個即時圍著他們說：「你們想怎麼樣？裏面有人的，滿了！」穿白衣的人卻說，他們知道急症室還有一間手術室空著，床上的人要即時開刀，請他們借過；男人卻全沒聽進去，還強行將病床推離急症室——直至幾個警察到來，雙方對峙、擾攘了一回兒後，病床才得以進入急症室。

阿康不用別人解釋也知道發生了甚麼事；他回家後看電視新聞就證實了——是某黑道人物中伏受傷，進了那醫院，一夥兄弟跟著去了，還很有義氣地守衛著急症室。

接下來的大半個月，阿康表面上繼續在家裏和辦公室扮演一直扮演的角色，靈魂卻仍然停留在當天的思念之中。他不住胡思亂想：

「我連我最喜歡的人都背叛了，還有甚麼做不出？」

「為甚麼？為甚麼我最想救助的、真正深愛的人，統統都死掉了，我卻依然享受著他媽的幸福家庭，每天開車到中環當他媽的基金經理？」

還有停屍間裏的扭曲軀殼。

因為一段遲了十分鐘聽到的留言而引致的婚姻破裂、跳樓自殺。

急症室外蠻橫的男人。

「我跟他們有甚麼分別？」

重複出現在腦海中的也有那句：「是男人。」「是男人！」

「不，不！是女人，一個我很愛很愛的女人！」

「我身邊的人都死掉了，自己還在享福？！」

「我連最喜歡的人都背叛了，還有甚麼做不出！！」

「為甚麼人人都在吃苦，我卻可恥地幸運？」

終於有一天，在一個風和日麗的下午——當時股市波幅不大，阿康的基金持續向好，阿康正坐在電腦前發獃沉思——他忽然改變了念頭。

「我就是不要享福，不要幸運。」

「就看我還可以做得出甚麼。」

人的靈魂恍如一部古怪的機器，它很複雜，看去架屋疊床、滿載零件，天天在內心發出毫無意義的雜音，滴滴答答。於時空的軌跡上，在某個特別顛簸的剎那，某個齒輪會跟相連的齒輪鬆脫了，另一個齒輪會跟一些絕不相干的齒輪連接上，令機器變了完全不同的東西，像在未來拐個大彎，走上另一條完全不同的軌跡。

「就看我還可以做得出甚麼。」

要是命運特意讓他在市場崩潰時也賺大錢，還要犧牲身邊的人去成全他的安穩美滿——要是命運如此狠毒（他心裏是這麼認為的），他就豁出去，與命運作對。他開始對邪惡萌生著迷：自覺做了太久的好人，有妞兒向他投懷送抱，他竟然授受不親，只會送孩子上學和辛苦賺錢給妻子作家用；他很想知道、很想感受一下：像那些男人一樣，對著病重需要急救的人卻仍能拒諸千里，是甚麼樣的一回事？他做得到嗎？

阿康即時寫了一封只得一句話的辭職信，親手交給上司後，就頭也不回的離開了（他很清楚自己已積下一大堆假期，公司不能多留他半天）。他一回到家（當時孩子還未放學），就冷冷地對妻子說，他撒了謊，一個月前交通意外中死去的是一個女人，是他在外面的馬子，他操過她好幾次了，她又年輕，身材又好，在床上騷得要命……他妻子的第一個反應是擔心他精神有問題，但當他繼續像解釋股市行情一般，對她重複一遍半真不假的故事之後，妻子就大哭著摑了他一巴掌。他的反應是嬉皮笑臉地說：「我做人做得太悶，現在要轉個環境玩一下，孩子妳自己負責。」

他隨即昂首步出家門，哪管身後的嚎哭與尖叫。他穿著的仍是早上上班時穿的西裝，錢包只有幾百塊；他之後再沒有在以前的銀行戶口（是和妻子聯名的）拿過一元半角。

他來到砵蘭街時，天色已呈金黃黯淡；期間，他的手機震個不停（他設定了只震不響），不住來電的號碼包括妻子的、父母的，還有其他朋友的，但他一概沒接——直至他步入砵蘭街的一刻，才打了一個電話給父母說：「要是老婆孩子有事，你們就幫一幫忙。（頓了一頓）我沒事的，你們放心，我不會打攪你們。」

他也沒管他們焦急的、混融了淚光的問話，截然掛斷了手機，更將手機扔進眼前一個垃圾筒裏。五年之後，阿蓮也會將自己的手機扔進同一個垃圾筒，只可惜在砵蘭街拾荒的幾個窮苦老人，兩次都錯過了。

他自那一天起，除了曾經請律師發了一封離婚信給妻子之外（律師費是當時他跟的大哥借給他的），再沒有跟前半生認識的人聯絡，包括父母。

阿康是從低做起的，泊車、賣翻版色情光碟、追債、揍人等等全都幹過——他沒預料到自己原來揍人也行，跟社團中的人學泰拳時，還被稱讚「有天分」。別人見他三十歲才做小混混，而且一聽他說話文縐縐，就知道是個「讀過書的」（他有一段日子有「文藝康」和「讀書康」的外號，後一外號還令他不住被人嘲笑是「獨輸康」；又有一趟，他和大夥兄弟在深圳與整整一廳的妞兒胡天胡帝了一夜之後，竟得了一個「毒龍康」的新諢號；當他狠辣行事的事跡在社團內傳開，當初的揶揄諢號即變為可怕得多、有影射意味的「毒龍」，接著還有「邪龍」、「變態龍」、「癲龍」、「癲佬康」等等。後來地位漸高，他就開始板著臉以認真以至嚇唬的口吻警告人家：「你們只管叫我阿康，不要他媽的亂給我改名！」那些外號才漸漸消失）。常常有人問他怎麼會出來混，阿康對此總會苦笑著回答：金融風暴嘛，一夜之間身家都蒸發掉，老婆又捲逃了，唯有入黑社會掙一口飯。他做事乾淨俐落，跟他打過交道的都佩服他為人夠絕又會用計，要收斂時也懂收斂，加上精於管賬，令他在社團內冒升得很快：處理錢財的伎倆，是任何以利掛帥的機構——從跨國企業到油尖旺的堂口——都一定需要的。幾年之間，他收納了阿朗等一夥門徒。

殺了大龍後，他就升作坐館。

再過幾年，阿朗也羽翼漸豐而自立，兩人之間開始有了嫌隙。阿康早知道阿朗野心很大，而且像翻版一般不停學習、模仿他的殘忍與狠心，甚至他的說話方式。他知道終有一天，阿朗會成為更阿康的阿康，兩人亦終會翻臉。

同時發生了另一些意料之外的怪事：他開始斷斷續續、零零碎碎地失去某些記憶。起初他還蠻有幽默感地自嘲：步入中年了，一定是開始老人癡呆。到怪事發生得比較頻繁和嚴重，他就不再自嘲，同時也發覺：那甚至不是老人癡呆，因為他不是忘了鑰匙在哪裏、某間熟悉的店子該怎麼去，甚至不是他家的地址是甚麼或自己叫甚麼名字。不，他害的是另一種失去記憶的方式：是一整段回憶忽然消失。例如他正在跟別人聊天，聊至半路卻忽然完全忘掉過去三十分鐘的事，於是很奇怪對方怎會出現在他面前，他又怎會去到當下身處的地方——彷彿回憶是閉路電視的記錄，卻有一大段無緣無故地被刪去了。忘記三十分鐘的情況不過是開始；發展下去，他會忘掉半天、一天前的事，會突然間只記得截至上個周末的一切。大約到了他認識阿蓮之前的兩三個星期，過去整整半年的記憶已出現了無數大大小小的孔洞；偶爾回憶只是變得十分黯淡，倘若有些事物或別人的說話是可以喚起回憶的，他也能夠重拾一部分，但這種情況愈來愈少發生。更糟的是，發現他開始忘掉更久之前的事，例如忘了當初收留他那個大哥的名字——他只記得大哥收留他兩年後就死了，怎麼死的卻記不起。他倒是記得很久之前看過的一部電影《凶心人》，並對自己說：幸好他還未至於只記得之前幾分鐘的事。但他以天才的直覺，很清楚地預料到：他記憶中的孔洞很快會像山火一般劇烈地蔓延，最終會將生出以來學習認知和記下的一切，吞噬於無窮無盡的意識黑夜之中，令他成為完全清醒卻分毫不會動彈，遑論思考和感受的植物人。他愛過、恨過、救助過、傷害過的，都將會消亡於腦袋的空虛，包括那女人，包括他的父母、妻子、兒女。

消亡的迫近，令阿康開始厭倦社團的一切：他跟命運一直在玩遊戲，他以為自己一直佔上風，現在卻一下子因為記憶溜走而節節敗退；他只是強自為之，結果只是平添人間的苦楚。不管以前的幸福或現在的黑暗，他都覺得，一切都是將滅絕於遺忘的虛妄、無聊——除了她，但她已成塵土。沒有了她，他彷彿沒有了自己，成了沒有骨頭的行屍走肉。十年來，他只是一個充血皮囊，以無所不用其極為行事的度量、一味犯罪與戕害。但皮囊根本不是他；它像一件他不介意穿上卻也深覺隨時可以脫下的大衣。大衣脫下後，剩下的卻也是無。正是在這些日子裏，他決定將阿朗秘密轉賣走私軍火給水和的計劃（他當然早就收到風聲），變作了結一切的機會。

在那關鍵交易之前一天的清晨，他作了一個夢：一個衣著優雅，像個城中名媛一般的中年女人，柔聲對他說：

「你明天一起床就會失去今天大部分記憶；等過了明天，你的遺忘將會完滿。」

女人的話一說完，他就醒來；他隨即完全忘掉了夢境，只依稀感到自己的時日已所剩無幾。

他自以為安排已經妥當——從大陸請來幹掉阿朗的人，都是價錢頗高的殺手——不管他明天還記得多少，也能夠順利進行。他向水和的接頭人道出他的計劃、離開和接頭人見面的大廈之後，在炮台山的街上看見遠方夕照中金光粼粼的維港，心裏對生命燃起熱烈的眷戀：他要在還記得之前做一點有意思的事。他很快想到：不如探望住在紅磡的父母，接著如果有勇氣的話，甚至可以回到以往的家，最後一次面對妻子和兒女。但他很躑躅，自炮台山緩緩遊蕩至北角碼頭，坐上渡輪來到紅磡後，卻又改變主意，走進酒吧準備喝一晚悶酒，打發剩下那些他已心灰意冷地感嘆「沒用」的分分秒秒。

阿康這時瞧見了阿蓮——他一看就知她是妓女。

他從容地在她身邊坐下，很有風度地跟她說：「要多一杯嗎？還是別的甚麼？我請。」

他看見她展露迷人的笑容，腦海裏閃過一連串念頭：多值得記在心頭的微笑。女人：他很快就會完全忘掉她們，她們的意態、溫柔，以及婀娜身體。還有那個扭曲了的軀殼、那張黏了血塊、但輪廓仍然俏麗的冰冷灰白臉龐；她就是他今天在這酒吧請這婊子喝酒的理由。十年了。

他忽然說：

「但我只喝水就行！」

阿康冷靜地等阿蓮人仰馬翻笑個飽後，再問一遍她想喝甚麼，她就說要一杯威士忌加冰。

他左手拿著盛於矮胖玻璃杯內的威士忌、右手拿著盛於高瘦玻璃杯內的白開水，回到她面前時，她仍然半掩著嘴，不住壓抑自己的笑聲。

她喝了一口威士忌，定一定神後說：「你剛才的模樣，唉，真是（又大笑了）……真是……」

他從容地答說：

「我只是想保持清醒。」

她大惑不解地說：「保持清醒幹嘛？」

阿康語帶相關地說：「清醒不就可以甚麼都看得清楚了？」

阿蓮故作嬌媚地打了他的手臂一下。

阿康續說：「其實我喝不喝都是清醒的。我以前酒量很小，但十年前開始強逼自己喝，現在已經練得喝甚麼都不會醉，但我仍然很不喜歡喝酒。」

她登時坐直身子說：「我也是呢！我五年前開始強逼自己喝，現在也是喝甚麼都不會醉，但跟你不一樣的是，我不算討厭喝——喝下兩杯後，人就會興奮一點，還是蠻不錯的。」

「興奮了又怎麼樣？興奮了，嗯，做某些事情會爽一些嗎？」阿康的語氣更淫猥了。

阿蓮聽後，二話不說就將自己坐著的單座位沙發椅移向他，挽著他臂膀挨著他胳膊嬌聲說：「你想做甚麼爽的事情？」

阿康輕輕推開她說：「這一晚還有很多時間，我們慢慢來，我會付錢的（她臉上綻現一絲微笑）。不如先聊聊天：妳叫甚麼名字？」

「阿蓮！」就像小女孩向老師報到。

「好，阿蓮，說一些妳過去的事情給我聽，一些妳記得的事情。」

阿蓮淫蕩地笑說：「你想我告訴你，和之前的客人做過甚麼？行，讓我想想……」

阿康打斷了她：「不如說再之前的事，例如妳小時候，至少入行之前。妳……」他突然想到婊子多數都不是情願入行的，心裏就生出一點悔意：他會不會令她不好受？

果然，阿蓮臉上掠過淡淡的陰影，但之後又笑說：「我就告訴你：我本來很純良，還是個大學生呢，卻被一個比我年長二十幾歲的男人包養了。可是最後又不忿當小三，於是索性犯賤，拋個身出來，做了五年，一直很過癮。說完了，信不信？」

阿康將自己的臉孔湊近阿蓮的臉孔，說：

「我也告訴妳：我本來也很純良的，還賺很多錢，替人家管理基金，每月收入十幾萬，又有漂亮老婆又有兒女，卻偏要包二奶，但那女人忽然捲逃了。我一時氣憤，決定撇下工作和妻兒，當上黑社會，整整十年，一直很過癮。說完了，信不信？」

阿蓮又一次笑得合不攏嘴——但阿康看出這次已沒上次那麼自然——一邊笑一邊說：

「我看我們至少有一個在胡謅！」

阿康攤一攤手，呷了一口白開水後說：「但我還是很想聽聽妳的過去，妳記得的就告訴我，零零碎碎也行，約約略略也無所謂……（頓了一頓）坦白說，胡謅的也可以，只要是妳希望記得的，就行了。」

阿蓮不作聲瞪著他半晌後，很滿不在乎地開口，先說了一些孩提片段，例如她和姐姐在沙灘玩沙和互相潑水、在麥當勞開生日會，等等；繼而說到中學、大學，包括有一趟在深夜裏看見一隻叫「阿毛」的古怪猴子……終於，她忍不住，也說了那男人的事，但沒告訴阿康她曾被強暴。阿康愈聽下去愈有興趣，有幾次叫停了她，要她先說清楚一些細節後才繼續，又不住說「這很好啊」、「很可惜」或「啊」（一個單字的「啊」，有時能夠帶出的同情，比千言萬語還要感人）。阿蓮也愈說愈起勁：那是第一次有人對她有超越肉體的興趣，而關心自己整個人生，她忽然感受到很久沒感受過的、人與人之間那份誠摯的溫馨——沒有責難、沒有埋怨、沒有恨意的溫馨。

阿蓮說著說著，很快說到半夜——她亦已喝了整整兩杯威士忌，臉上增添了人醉人的嫵媚。阿康這時說：

「但妳這幾年當婊子，沒了家人沒了同學，卻還是很好過嗎？妳剛才是這麼說的……」

阿蓮看著酒杯——杯內只剩下幾塊半透明而正在溶化的冰——徐徐說：「他們根本不明白，做婊子有甚麼不好？不過是要跟男人操，操了就收錢；如果遇著猛男帥哥，是我操他多於他操我，很爽啊，又能夠自己掙錢自己住一間房子，很獨立……」

阿康打斷她說：「我看妳就是喜歡獨立……獨立是很……嗯……很爽的，對不對？」

阿蓮繼續看著酒杯和冰，說：「我看是吧，（用不純正的普通話說）『感覺良好』啊！」

阿康伸一伸懶腰說：「我知道妳的意思，因為我和妳很相似。我一直都在享受獨立，還在想，我怎樣可以更獨立，再多一點獨立？妳看我怎麼做？很簡單的，人愈做得絕、愈做得自私，背叛和傷害愈多的人，心裏就愈獨立，更沒東西縛著自己。」

阿蓮大笑說：「真虧你說得出這麼變態的話，卻還一臉若無其事。」

阿康嘆一口氣，苦笑說：「對，我很變態的，但我遇上報應了……不，還是說說妳，我看妳是時候轉換環境，幹別的事。」

「你叫我從良？怎麼了，回家求爸媽原諒我，一起團圓大結局？」

「不，我只是說，妳可以想想不做婊子，試試另一種生活。至於是斷六親還是回家，都無所謂。」

「我現在活得不錯，為甚麼要試試另一種生活？」

阿康攤攤手說：「嗯，沒甚麼的……獨立嘛，獨立就是妳可以做婊子，也可以不做，沒人能夠干涉妳。我也打算，還有時間的話就不做黑社會了，哪管只是一天。」

阿蓮默默攤坐在沙發椅上，瞪著阿康。

忽然，她以挑逗的、令男人著迷的笑容對阿康說：

「無論如何，讓我先跟你做過再說。」

阿康也定睛看著她說：

「要是我一生最後操的女人就是妳，那是多漂亮的一回事。」

阿蓮站起身說：「我的家在馬頭圍道，離這裏不遠。」

阿康也站起身，放浪地將阿蓮緊緊摟著，並特意讓她的身體感受他褲子裏正勃起的那話兒——阿蓮半真半假地輕聲呻吟了一下——之後一邊和她離去，一邊淫笑著在她耳畔口若懸河：「待會兒妳要先給我吮遍了，然後我要插得妳下面……」

下午

阿康和阿蓮在旺角地鐵站下了車，沿亞皆老街往海傍走，來到一個足球場時轉入橫街，在足球場旁邊的行人道急步地前行——阿康帶路，阿蓮默默跟隨。當時陽光普照，兩人頭上是一片廣闊無雲的天。一個鐵絲網之隔的球場內，一群穿著校服的學生正起勁地踢球（阿蓮猜想：他們一定是爭取在午飯時間完結前玩多幾分鐘）；要是換著一般日子，阿蓮必會被身邊一切感染得心情輕鬆。其實就是在這緊張的時刻，她心底仍禁不住讚嘆周遭世界的美，同時慨嘆她和她身邊這個男人的不幸。

兩人漸漸走進如迷宮般時拐時直的晦暗小道，路兩邊都是外牆殘舊破敗的舊樓，其中不少的地下是五金鋪或修車店，滿耳都是車床與引擎的嘶鳴。有幾趟，阿蓮在大廈的罅隙之間看到了一線清淨的蔚藍；她知道蔚藍下的是西九龍沿岸，她還記得曾經和同學在奧海城打保齡球和看電影，還想起那一帶都是很高很新的屋苑。地產商的電視廣告都將它們包裝得像歐洲宮庭一般，很誇張，但它們又確是很值錢的呢，有會所、有海景——附近還有一個圓方商場，開了很多名店和餐館，甚麼地方菜式都吃得到。還有戲院、溜冰場，都比朗豪坊還要酷，進去逛逛一定蠻不錯！可是阿蓮已經很久很久沒有到過那一帶……

兩人在一幢與四周完全沒分別的舊樓前停下。阿康深呼吸一口氣，對阿蓮說：

「待會兒，妳盡量不要説話。倘若他們叫妳站在外面等我，妳就照做——那表示他們還未下定論，我和妳都很有機會沒事。要是他們讓妳和我一起，那可能還不好。」

阿蓮默默點了點頭。他們正要自街上的陽光走進大廈中的漆黑時，忽然有人拉著阿康的手。

「等一下！」

阿康和阿蓮望過去——黑暗之中露出一張臉，然後才是臉下的身軀。是阿朗。

阿康冷冷說：「時間差不多了。」

阿朗瞪著阿康笑說：「你說去死的時間嗎？既然都是去死，遲一點早一點沒有分別。但我想先跟你說幾句。」

然後向阿蓮望了一眼。

阿康說：「都坐到同一條船了，你要說甚麼，跟我倆一起說。」

阿朗繼續笑著說（他笑得比之前更頑皮）：「康哥，你也是的，怎麼要將一個無辜的婊子拉下水？」

阿蓮堅定地插嘴：「我是自願的，我就是要和他一起，他不拉我我也要下水，不要你管。」

阿朗的笑臉上掠過一絲鄙視。

阿康說：「你還有甚麼話要告訴我？」

「嗯……康哥，你不要怪我用你作擋箭牌。」

阿康憤怒地說：「你這個時候還說這種賤格的話幹嘛？」

阿朗深不可測地說：「不，不賤格！不敢說是賤格呢！康哥你當年對兄弟做的那些，你不當是一回事，我現在也不當自己做的是一回事。我的財路無端給那老鬼壞了，現在死就是死，大家心甘情願，要發財就得搏一搏，預備好財散人亡。你以前對我說過，做人是一場遊戲，可以玩得很瘋很狂，但絕不能輸打贏要，我一直記著的，現在不過是學你罷了。電視也說甚麼投資充滿風險，有事的話，大家各安天命，好嗎？」

阿康報以諷刺的一笑，說：「好，各安天命！」接著卻靜下來，想了一想之後說：

「我告訴你，我接著會做甚麼。我會做你的擋箭牌，替你頂包。你只用坐著不作聲，有話都由我來說，他們要行家法的話也由我來受。但你不要以為我是在幫你。像這婊子說，我就是要去死。」

阿朗聽後大笑說：「康哥，我沒有說要你繼續作擋箭牌！我也不想人家以為只有你又絕又惡，我卻只是你的跟班！還有啊，你死了就看不到我死不去，那怎麼可以呢？康哥你真是……你腦袋有問題的，你知不知道？你究竟記不記得發生了甚麼事？我看你不只不記得，根本就是思覺失調！」

阿康沉聲說：「聽清楚，你以為你和泰國的勾當，我會不知道？我早就知道。我也知道你的人會替你將貨運給水和。阿朗，你這一分鐘能來到這個地方，都是因為我沒有阻止你，都是因為我一直在給你方便！」

阿朗沒有露出任何詫異，甚至能夠保持微笑（阿蓮這時更感受到微笑背後的城府）。他淡定地說：

「嗯，看來康哥你記起了。似乎還不很嚴重……」

阿康斬釘截鐵地說：「我會在我還未忘掉之前，解決一切。」

阿朗從容說：

「好，康哥，謝謝——不，我不用謝謝你的，我們之間，不必說謝謝。我們已經超越了說謝謝的境界！不要說這一分鐘，其實這些年來的每一分鐘，從我跟了康哥你的一分鐘開始，我走的每一步，都是仗著康哥給我方便才走得出。我從來沒有後悔跟了你，就是到了現在也沒有後悔！康哥你從來都是我的偶像！因為你沒有將一切看得認真。正因為你的不認真，才能夠手起刀落。我很欣賞你能夠手起刀落，不用猶豫半秒，無論刀落在兄弟還是對頭的脖子上。我自從當年在屋邨當小混混，就一直夢想自己能夠手起刀落！我還記得，你告訴我殺大龍的安排時，說過『一將功成萬骨枯』的話。我其實很明白你的，別的兄弟不會明白，但我明白——你的意思是，當坐館還是其次，真正好玩的是『一將功成萬骨枯』。康哥你絕對是我的偶像！

「怪不得，我要證明自己跟你學滿師，就得在你脖子上手起刀落了。

「還有啊，我看你是病得不輕。我不是說你不記得事情的病，而是說你忘記更久之前的事的病——即是你在砵蘭街替人泊車之前的事。說到底，你和我還是有點不同的，因為你骨子裏不是吃這口飯的人，卻又竟然來吃了，還很吃得開，因為你病了。你十年前開始病，於是將自己弄進……嗯，我看，你一定很快就會病完！」

阿康厭惡地說：「我要上去了，你給我住口，待會兒也只管住口！」並拉著阿蓮的手走進大廈。

阿朗卻不慌不忙，站定不動的繼續說：「差點忘了告訴你，我見過你爸媽，也見過你老婆和孩子——是離遠見的，但也見得清楚。你很久沒見過你的孩子吧？你現在可能不認得他們了。你的女兒身材很不錯，有胸有腰，腳又長，她媽也保養得蠻好，雖然生過孩子又有點老，但還是十分操得過！不過康哥你可以放心，我和我的兄弟都沒有打擾他們，至少現在還沒有，我不過是買個保險，我已經有更……」

阿朗沒說下去，因為阿康突然停下，回頭向他揮拳——阿朗仍然不動——卻在拳頭到肉之際止住，同時大叫說：

「你碰也不要碰他們！我早說過我會替你頂包，你不要碰他們！」

阿朗鎮定地答說：

「所以我說，康哥，我學滿師了。我們上去吧！」

三人一級一級的踏上三層樓梯後，走在前面的阿朗推開一道門，故作有禮地讓另外二人先過去。

阿朗恐嚇阿康的話，以及阿康的反應，阿蓮聽在耳裏，本來又生氣又嫉妒——想不到阿康昨晚說自己拋棄了賢妻良母，是真話，而他仍然很愛惜他的老婆！但她的專注力很快就轉移到接著看見的地方和人：她發現自己來到一條寬敞的露天走廊，走廊圍繞一個方形天井而建，天井中央有個小女孩在獨個兒跳繩，她一邊玩一邊好奇地往上望向他們。

阿蓮看著小女孩——金黃的陽光直灑在小女孩身上——不知怎的想起了多年前在大學宿舍見過的猴子；她還記得，猴子的名字叫阿毛。

她忽然在心裏向自己許諾：

「要是我活過了今天，我一定要做一點事。」

他們在走廊一個轉角處的門口前停下；門外有幾個大漢守衛著，他們一看見阿康和阿朗，就二話不說開門讓他們進去。

阿蓮因為以前看過電影《黑社會》，以為將會見到一夥老人圍坐著沏功夫茶；誰知道，她眼前只是一個陳設簡單的大廳，廳內只有一張長方形會議桌，連同幾張辦公室椅子——只有那個放在牆角落的關帝像（像前有供奉與香燭），是阿蓮預料得到的。廳的窗都很大，而且都打開了少許讓空氣流通，窗簾卻全給拉上了——亦因此輕輕飄揚——外面猛烈的陽光只能微弱地滲進，因此大廳的燈是亮著的。

幾個有瘦有胖的中、老年男人坐在會議桌近窗的一邊。阿蓮心想：他們像極了她常見的客人，她甚至可以想像他們在床上又性急又狼狽的醜態。但這一刻，他們全部只是緊繃著臉。

一個身形較小、獐頭鼠目的男人坐在中間，請他們坐下。

阿康說：「謝謝二爺——要不要叫妞兒在外面等？」

（阿蓮想：這就是他們的龍頭？）

男人說：「不用了，你們都坐下就行。」

阿蓮想起阿康先前的話，心裏一涼。

阿康和阿朗恭敬地說：「謝謝二爺。」

（阿蓮牽強地微笑著向二爺點了點頭，心裏想：阿康沒有叫她向二爺說多謝，她還是保持完全不開口。）

坐下後，阿蓮向二人看了一看：阿康一臉木然，阿朗則嘴角流露一絲冷笑——阿蓮恨不得拿起刀劃破那張可惡的笑臉。

二爺問身邊的人：「阿貓怎樣了，還未到嗎？」

阿蓮這才看出貓叔不在大廳裏。

一個半禿的胖男人說：「他剛才說兒子有點兒事——我再給他打電話。」說完即拿出手機；他對著電話說了兩句後就掛斷，向其他人說：

「他說他很快就到，還叫我們先開始。」

二爺隨即說：「行。你，阿康，你跟我說，今天早上究竟發生了甚麼事？」

阿康很淡定地回答：

「那兩個兄弟只是先將一部分貨拿走，因為貨多，人手不夠，他們打算之後再來一轉，卻剛好碰見貓叔。一定是貓叔向他們問話，他們很少遇到輩份這麼高的叔父，一時慌張，愈說愈糊塗……」

一個個子特別高，像一根尖木樁的男人，蹙著眉頭打斷了阿康：

「你是不是說，他們被貓哥揍得太狠才認了？！」

阿康保持冷靜，笑著說：

「不，不是呢，高強叔，我只是說，兩個兄弟只是小混混，貓叔卻是老叔父，小混混見了老叔父，本就會害怕。一害怕，又少見大場面，就容易語無倫次。何況貓叔眉精眼企，看見他們面色不妥，審問起來，就更令他們膽怯，他們只是容易受驚的小動物，希望大家原諒！」

阿蓮心想：阿康真會說話！可是她向會議桌的另一邊看去，卻發現沒有人因為阿康的辯說而鬆弛下來——相反，他們的一張張臉只明顯地繃得更緊。

二爺說：

「但他們明明說要去太子道西，阿貓也是在那附近碰上他們的，你又有甚麼話說？」

阿康笑說：

「太子道西很長，他們只是路過，或者等巴士吧，因為我叫他們將貨運去這附近一個我租的倉，他們說不定想去太子道西等車。他們真是戇子，竟然不分輕重坐巴士！很對不起，我管教不嚴，應該告訴他們：要是手裏拿著兩大袋走私軍火，就一定要坐的士，不能為了省錢坐巴士，你們說對不對？」

阿蓮勉強忍住了笑；會議桌另一邊的人卻仍然板著臉。她略略挨後身子，斜看坐在阿康另一邊的阿朗——只見阿朗眼睛睜得大大，視線在各個叔父的臉之間逡巡，神情半嚴肅半開玩笑，瞳仁裏不知是恨意還是「我一定要戲弄你們至死」的決心。

她再望向會議桌的另一邊時，就看見人人都瞪著二爺——二爺正低頭沉思。房間中鴉雀無聲片刻之後，二爺說了幾個字：「算了吧，無謂。」

隨即大喊說：「拿出來！」

一道門打開了，兩個人自門後出現，他們各自拿著一個黑色旅行袋。

二爺指指會議桌的一端，對他們說：「放在上面。」

兩人放好旅行袋後，旋即回到剛才打開的門，走進去，然後關上了門。

阿蓮心想：「不是放在貓叔那裏的嗎？」

二爺卻給她回答了：「不要以為這些是貓叔搜到的貨。它們都是我十幾分鐘前收到的，你猜由誰送來？是水和！你們的事，水和的龍頭已親口跟我說得清清楚楚！我剛才只是想看看你們會不會坦白。阿康，你完了！阿朗你也是，我已派人問了泰國那邊，是你替阿康當跑腿的，你也要受家法！」

阿朗故作孩子氣地高聲抗議：「你們不要說我是跑腿！我自己是一個堂口的話事人，抓住幾條大財路，不是阿康的小混混了！」

阿康心裏一邊痛罵水和報復得這麼快，一邊輕按阿朗的胳膊，神經質地向叔父們說：

「你們竟然相信水和，也不相信我和阿朗？」

剛才打電話給貓叔的胖男人說：「我們不是相信水和，而是相信我們的眼睛！這些貨都有記認的，我們跟泰國一查就知道，一直都是你們搞的鬼，到現在還想賴賬？！」

阿康連忙說：「我們可以再談談吧，各位給一個機會——」

但阿康還沒說完，阿朗就站起身大笑說：

「我卻未搞完鬼呢！」

剛好在這一刻，一個人推開單位的大門走進：是貓叔。

貓叔一直低著頭；人人都看出他臉色沉重。他急步走到叔父旁邊，坐下並低聲說：「不好意思，遲到。」

二爺說：「讓爺親自出面，跟我說了他們幹的事，你看，連他們早先賣給水和的貨也給送回來。」

貓叔低頭看著桌面說：「水和信得過嗎？」

二爺答說：「這陣子我們沒有開戰，還剛劃分過地盤，看來不是胡說的，讓爺更……」

貓叔扯高嗓子（但視線仍沒離開桌面）說：「連貨也送回來，那算甚麼，送大禮嗎？」

二爺厲眼看著阿康和阿朗說：「我說過會給水和退錢的，叫這兩個王八將他們收了的都吐出來就行。他們不願吐出來的嗎，我就找人劏開他們的肚子拿出來。」

貓叔搖頭說：「我看事情不是這麼簡單，水和的動作很古怪。」

二爺說：「我也想過，所以向泰國問了，他們都證實了。」

貓叔終於抬起頭，瞪著二爺說：

「你還是讓我先打聽一下，再決定怎麼做。」

房間裏所有人登時望向貓叔——除了一個人之外。

二爺說：「是你叫大家開會的，你早上看見他們，搜出貨，問到他們正要往水和的地盤去，才叫我們開會，還說證據確鑿。現在又要先打聽一下？」

「我叫大夥兒開會，只是想一起問問這些人，不是要定他們的罪。」

二爺無可奈何地說：「是你點火在先，要查你即管查，這三個人從現在開始不能離開這房間，直至你找到……」

貓叔焦急地打岔說：「不行，我要他們帶我去他們存貨的地方。」

「總不用三個一起吧，至少婊子要留下……」

貓叔又一次打岔：「不，婊子是外人，早就應該放了她。」

「你胡說甚麼？她是阿康的女人，跟著他到處跑、騙阿公錢，她沒有分賬也肯定出過力，還會靠阿康嚐到甜頭，放了她的話，兄弟不服的！」

貓叔漲紅著臉對二爺說：「二叔，你將這三個人交給我看管，發生了甚麼事，算在我頭上就行！」

有好幾秒鐘，房間裏除了冬日清風拂拭窗簾的窸窣之外——彷彿風聲在喁喁細訴人生的無盡牽絆與制肘——沒有別的聲響。

二爺再說話之前，先和其他叔父打了眼色——很明顯地，大家已有了默契：大家都看出了。二爺接著先後打量阿康和阿朗：阿康很緊張，阿朗卻顯得若無其事。二爺的眼神停留在阿朗的臉上。

少頃之後，二爺轉而瞪著貓叔——貓叔這時已重又低頭看著桌面——說：「有甚麼事，應該跟兄弟說。」

貓叔沒作聲。

二爺說：「是阿嫂和阿定嗎？」

貓叔仍然沒作聲。

那個像尖木椿的男人憤怒地對阿朗和阿康說：「吃裏扒外的賤人！」

阿朗平和地說：

「我想說清楚，那兩個人都是我派人抓的，和阿康沒有關係，更不用說他的婊子。我說過了，我還要搞鬼的。這事愈來愈好玩，我竟然令你們全都栽了一跤，也算是成就吧。」

二爺冷笑說：「你以為我們會放過你？你決定做甚麼事時，有沒有先用你的垃圾腦袋想一想的？」

阿朗微笑說：「你不如問問貓叔。」

貓叔這時正顫抖著手，自口袋拿出一枝手槍，緩緩地將槍放在桌上，但他的手仍握著槍，他亦仍然低著頭。接著，他一字一頓地哽咽說：

「我就只有一個兒子。他才兩歲。」

又說：

「我的人已盯住了你們外面的人。你們還是放他們走吧，不然會很難看的。」

一眾叔父給氣得話也說不出，只有二爺沉聲指著阿康三人說：

「你們這幾個狗娘養的給我聽清楚：你們他媽的死定了！」然後別過臉向他們揮手——就像要將三隻煩人的蒼蠅或蚊子撥開一般。

阿康臨走前，很認真地對叔父們說：

「婊子與這一切無關，我求你們放過她。還有，阿朗跟了我很多年，由我一手教出，他的錯就是我的錯，你們要算賬的話，找我，不……（他猶豫了一下）……不要找阿朗。」

阿朗本來正在踏出大門，聽到阿康的話後特意走回頭，誇張地笑著推了阿康一下（沒有人分得清這一推是敵意還是戲謔），然後不住搖頭大笑說：「康哥你發神經了嗎！啊，你其實是在奚落我，是不是？你玩夠就算了！」

貓叔這時竭斯底里地以槍指著三人怒吼：

「你們快給我滾！」

三人離開單位時，果然看見有些新到的人站在原本把風的人身邊——看來把風的人不知道自己的處境——大家正在談論單位裏傳出的人聲，一看見阿康三個就說：

「怎麼，康哥朗哥，沒事了嗎？」

阿朗笑說：「無罪釋放！」

他們走出大廈後，阿蓮戰戰兢兢地回望她剛離開的漆黑，看清楚沒人跟來，就鬆了一口氣。阿康與阿朗卻反而開始逃命似的奔跑，阿蓮亦唯有跟從。直至走過三、四個街口後，阿康和阿朗才停下，和阿蓮一起喘氣。阿康一邊喘氣一邊說：

「全世界——都會——找我們。」

阿蓮想說甚麼，但阿朗先她一步：

「現在——應該通天了。」

阿康此刻已喘定了氣，並怒瞪著阿朗說：「你竟然做得出這種事?!你是瘋了還是獃了?!」

阿朗笑說：「不，我只是要跟他們玩一玩！我已叫人安排了，我會跑往大陸著草，康哥你和你的妞兒要一起跟船的話，我無所謂。」

阿康凝重地說：

「你不是要將貓嬸和阿定兩個……」

阿朗漠然說：

「看情況。總之他們是我唯一的籌碼，我要將他們握在手上，直至我肯定自己安全為止。」

阿蓮忍不住大罵：

「人家和你們的恩恩怨怨有甚麼關係？一個是小孩，他不過會說兩三個單字，整天要大人抱著，還有他媽媽，他們欠了你們甚麼，做了甚麼錯事，要當上你的籌碼？虧你說得出這種話！」

阿朗正色說：

「那你又和我們有甚麼關係？你只是沒頭沒腦地跟了陌生人在某個地方出現，他們就將你看成是我們一夥了，你說有理由嗎？婊子小姐，做人就是這樣的，硬要找個理由的話，孩子和女人被我的人抓住，都是因為孩子的爹今天早上多管閒事、因為女人嫁錯郎、因為那孩子投錯胎，或者他一生下來就已注定了有今天！」

阿康忽然抓住他衣領問他：

「告訴我，他們在甚麼地方？」

阿朗輕佻地說：「我看還是愈少人知道愈好。」

阿康又一次揮拳打向阿朗，亦又一次令拳頭在半空止住。他放開阿朗說：

「我應該早就料到。」

阿朗整理衣領、抖擻一下，然後輪到他對阿康發火：

「你剛才對叔父說的鬼話又是甚麼意思？我早說過不用你頂包！你想感化我嗎？（嘲弄地說）很偉大啊！操！操你媽的偉大！我操你媽的！！你最好快些完全失憶，連話也忘了怎麼說，我不想再聽你說廢話！」

說完立即拿出手機，一邊走一邊打電話。電話未通前，他回頭向二人說：

「要坐順風船的話，五點前打電話給我，我勸你們現在快找個洞躲起來。」

阿朗旋即消失在一個街角之後。

阿康緊牽阿蓮的手，特意朝著和阿朗相反的方向走；走不了幾步，兩人就截到了一部的士。阿康甫上車即叫司機往馬頭圍道駛去，然後跟阿蓮說：

「先回妳家，讓妳執拾一些必要的東西。」

阿蓮說：「你呢？你不用回家嗎？」

阿康說：「我看我很快就會成為廢人，到時腦袋裏甚麼都載不下，身邊有甚麼沒甚麼已沒關係。」

阿蓮挨在阿康懷裏說：「我會在你身邊的。」

阿康柔聲問：「妳看，我們像不像一對戀人，落難鴛鴦？」

阿蓮嫣然一笑：「你說話真老土。」然後又說：

「我早就告訴過你，我很喜歡你。打從昨晚開始，我一直都很喜歡你，就是這樣。」

阿康聽後凝神片刻，接著臉色頓然開朗說：「對啊，都無所謂了。」

阿蓮憂心地問：「現在回我家執拾，之後怎麼樣？」

阿康反問她：「妳有多怕死？」

阿蓮說：「我更擔心那孩子。」

阿康笑說：「我們先回妳家。」

* * *

阿蓮只是拿了自己錢包、護照、一些可以變賣的首飾，還有一些衣服；她將它們全放進一個大肩袋後，爽快地對阿康說：「可以走了！」

阿康問她：「我們可能有一陣子不在香港的，妳就只帶這麼多？」

阿蓮說：「我剛來到這房子時，帶得更少。」

阿康聳聳肩——他腦海裏掠過阿蓮胴體的影像，終於記起了昨晚和她親熱的一幕幕。他又問阿蓮：

「我剛才在妳的廚房看了一遍，怎麼連一柄菜刀也沒有？」

阿蓮尷尬地笑著答說：「我小時在家從來不用燒菜的，自己一個人住的日子，也多是在附近快餐店或茶餐廳吃飯，或者弄些方便麵就算，怎會……」

阿康揶揄說：「懶人！我自己偶爾也會弄些……算了吧（變得嚴肅）告訴我，妳有沒有可以用作傍身的武器？」

阿蓮失笑說：「你想幹甚麼？待會兒和阿朗單挑嗎？他要是跟一夥人一起來或者帶著槍，你有甚麼樣的刀都沒用。」

「誰知道會發生甚麼事，有些東西傍身總是比較好。」

阿蓮於是帶阿康走進廚房，自一個儲物櫃中拿出一柄吃西餐時切牛排用的木柄切肉刀，對阿康說：

「就只有這東西了。」

阿康很無奈地搖搖頭。

阿蓮抗議説：「不要小覷它！記不記得四、五年前的上環咖啡店謀殺案？兇手就是用一柄這樣的刀，接連捅死了他的情婦和老婆！兩個人都是一刀斃命的！」

阿康這時已自阿蓮手中接過了刀，藏在大衣內袋裏。他不屑地答説：「妳就只記得殺人的新聞，我倒是真正殺過人的。」

阿康隨即離開廚房，走到大廳後朗聲問阿蓮：「現在從這裏去石硤尾，坐的士會不會塞車？」

阿蓮一邊説：「讓我想想……」一邊又在儲物櫃拿出另外一柄切肉刀，放進手袋裏。

*　*　*

兩人來到石硤尾，走進一個已有幾十年歷史的公共屋邨。像巨型骨排一般成行成列的十多層樓房，令阿康想起小時看過的香港電台電視劇，《小時候》、《獅子山下》等等——只是他此刻已沒有心情懷舊了。至於阿蓮——她想起幾年前在電視新聞報道皇后碼頭抗爭時「上鏡」的一些舊同學：「他們大概也會維護這些『集體回憶』吧。」

當時已過了放學時間，兩人在一群群喧嘩的、穿著不同校服的學生之間穿梭，最後於其中一幢樓房地下的紙扎店前停下。阿蓮看見店前雜亂地陳列著從香燭冥鏹到燈籠等各式貨品，心裏感嘆：「對啊，還有兩個星期就過年，再之後就是元宵了。」阿康牽著阿蓮的手走進去——店內大白天也開著電燈，因為店外的貨太多，遮閉了大部分日光——來到一個頭髮花白的老婦跟前。

老婦正坐在一張四方摺桌旁邊，專注於桌上一本賬簿；賬簿前一部小型電視正在重播四、五年前的電視劇。阿蓮看出老婦臉上的滄桑：滿額的皺紋還是其次，而是她的神態——看來總是那麼累卻又睡不著，甚至失眠成病的人；她彷彿已被歲月摧殘殆盡，只剩下瘦小的軀殼。

阿康說：「伯母妳好！生意不錯嘛？」

老婦以疲憊的聲音答說：「還可以，每天有錢買米燒菜，阿康你有心啊，過來探望我！」

阿康說：「其實也是有原因的……」

老婦一聽到阿康的話和他的語調，立即合起帳簿和關掉電視，瞪著阿康問他：「是不是那孩子闖了禍？」

阿康將阿朗的事告訴了她。說到半路中途時，店外有人大叫要買些甚麼，老婦大叫回答：「我現在有事，麻煩你遲些回來！」隨即請阿康繼續。

阿康說完後，老婦問他：「你看他逃得掉嗎？」

阿康說：「要是他沒幹那傻事，連叔父也不去見，一早自己去著草，還是有可能的。但現在，無論他放了還是殺了一對母子，他們就是追至天涯海角，也要……也要抓到他。」

老婦平靜地將阿康差點說了的話說出：「也要殺了他，是不是？」

阿康默然，連點頭也不敢。

老婦續說：「你和這女孩子都被人家當作和他一夥，不好意思呢……」

阿康無奈地點點頭，阿蓮也沉重地嘆息。但阿康隨即說：

「我……我們不是為了自己而找妳的。」

老婦閉起眼睛痛苦地說：「我知道，你是為了一對母子。」

阿蓮急忙說：「伯母，我們當然也不想阿朗……」

老婦苦笑說：

「小姐妳不用多說了。很久以前我已當兒子患了絕症，我這個媽媽完全做不了甚麼，只知道他早晚要死於絕症。」

阿康說：「對不起，伯母。」

老婦感慨地說：「我兒子跟了你，我沒有怪你。他本已走了那條路，之後要跟誰都沒有分別。可是，唉，我和我老公一生沒做過錯事惡事，連一點偷雞摸狗的小便宜都沒佔過，孩子卻成了現在的模樣！阿朗小時愛玩，整天在屋邨四處走，但只是小孩子玩遊戲，我們都知道的。他玩累了回到家門，就會像箭一般向我們跑過來，要我們輪流將他抱進懷裏。他多麼聽話，唉……我們叫他做甚麼，他就做甚麼；叫他不要做甚麼，他就一定不會做，還常常笑著大聲說：『我最愛聽爸媽的話！』他還問我們為甚麼不多生一個弟弟或妹妹，由他來代我們管教。那些日子，一家人在一起多快樂，現在卻一塌糊塗！」

阿康滿懷歉意地說：「是我的錯，是我帶壞了他，伯母，我很對不起妳。」

老婦嚴厲地說：「對不起、對不起？！哼，你也不要以為自己很清白！你知道我多討厭你和你的兄弟？你們都不是好人，好的孩子都被你們帶壞，成了壞人後又再去帶壞別的孩子，你們不知令多少父母心痛！辛辛苦苦將孩子生下，養大他們，孩子們小時都很純真、很無知，有時哭有時笑，是一個個走走跌跌的小寶貝，他們著實永遠都是爸媽的小寶貝。就算長大後他們跟你們一起做壞事，卻仍然是爸媽的小寶貝！阿康，你這些年來隔一陣子就來探望我，我看你人品不差，但為甚麼要多作惡孽？你信不信因果的？信的話，你可要想想，你已經令多少人受了苦？因果循環啊，人是有報應的，到時你記著我今天的話：苦果是自己種下的，要怨就怨你自己！」

老婦的話，令阿康再一次記起小時被迫背誦悉達多的生平，還有他想像中悉達多離家的一夜……忽然，他的腦袋痛得要爆裂似的。他緊閉著眼睛瘋狂地拉抓自己頭顱——像是要將它扯下來一樣——一下子跌倒在地上，連帶拉倒兩個燈籠，然後躺在地上不住呻吟。在狂潮一般的痛苦之中，他隱約看見一個他從沒見過、衣著優雅的中年女人向他慢慢走近……但身影一閃即逝，因為他已陷入休克了。

到他醒轉時，他一時之間完全不認得眼前的女子和老婦，還有陌生的地方，以及直刺進他眼睛的燈光——直至阿蓮（他正躺在她懷裏）不住將當日一切重複又重複地告訴他，阿康才漸漸記起當前的境況。

阿康慢慢站起身；老婦拿來一張椅子讓他坐下，還遞過一杯熱茶。阿康答謝後說：

「伯母對不起，我只是……只是一時不舒服，沒事的，很快就沒事……」阿蓮這時特別握緊他的手；他瞧見她眼眶都紅了。

老婦慈悲地說：「你自己保重。」

阿康卻答說：「我們找妳，是想妳幫個忙，令阿朗傷害不到別人。」

老婦默然半晌後，顫抖著聲音說：「你是不是要以我和母子交換……」

「對。很對不起。」

「你會不會將我交給你的叔父？」

「我會先威脅阿朗，要是他不就範，我才……不，不，妳放心，我只是嚇他一嚇，我想他一定……」

老婦的語氣轉趨堅決：「你要將我交給人家也沒問題。我反正只是在等死，他們宰了我，我還能省吃幾年無謂飯，不用勉強維持住這爛鋪子。」

然後，她徐徐站起身——就在她站直時，她那白髮蒼蒼的頭頂仍然到不了阿康脖子的高度，卻令二人更感到難以言喻的敬意——對他們說：

「我現在順了你們的意，你們就要保證我的幫忙是有用的。你們一定要替一對母子找一條生路，讓孩子有個做好人的機會；你們為了救他們，就不要管我了，好不好？我有甚麼下場都無所謂，你們要答應我！」

阿康和阿蓮一時之間不知說甚麼好，老婦見狀便說：

「幾十年風吹雨打，勞碌了大半生，到頭來竟是養大了一個惡人。我現在去跟他作對，不是因為我給你們賞臉，我只是要向天向命說：別以為毀了我孩子就等於贏了，我就是要和你對著幹，直到斷氣為止！今天可能是我這輩子最後一次為阿朗種一點善因，你們一定要幫我，一定要！」

阿康還在猶豫時，阿蓮已毅然說：

「伯母，妳放心，我答應妳，只要救得了孩子……我和妳一樣，無論落得甚麼下場，無論下半生變得怎麼樣，我都不會放棄！」

阿康看看阿蓮嘟著嘴唇、意志堅決的臉（他覺得阿蓮此刻比平常更漂亮），再看看老婦像風雪中屹立的枯樹的臉，之後又一次看看阿蓮，忽然覺得很想笑：這兩個女人，一個只是今天早上才見過貓嬸和阿定一面，另一個更完全沒有見過，現在竟然都願意為他們盡心盡力，甚至賠上性命，真是——真是荒謬！對，荒謬！

但他想笑，亦因為忽然覺得十分痛快，就像終於登上了一座巍峨高峰的頂點，站在一塊橫空突出、光禿禿的巉岩上感受颯爽的清風，一覽無遺看遍山下的茫茫人海。他在內心深處，向潛藏著的莫名力量哀求說：「幫幫忙，通融一次，給我多一點時間，幾個鐘，幾個鐘就行！」

阿朗

But I shot a man in Reno, just to watch him die.

Johnny Cash, *Folsom Prison Blues*

阿朗小時很喜歡笑。大人見了都說：這孩子笑得多可愛、多淘氣。他小時的笑容驟看去很純真，然而眼利的大人會看得出，笑容背後的腦子藏了很多鬼主意——其實都是無傷大雅的念頭，例如在他爸爸（或其他玩伴）後背貼上畫了一隻烏龜的白紙，僅此而已。

阿朗的爸媽只有他一個孩子。最初，一家三口在石硤尾一個小小的屋邨單位相依為命；他八歲爸爸去世後，就只剩下兩母子。阿朗小時家庭很融洽，他雖然是父母的無價寶，但很聽話，偶爾才會撒嬌。阿朗和父親在一起特別快樂——他爸爸隨便被小兒子戲弄也不會回罵一句，例如他發現兒子在自己背上貼了畫了烏龜的白紙，只會笑一笑然後拿掉；要是兒子故意將玩具扔得一地都是，然後咯咯笑著叫他收拾，他亦只會嘻嘻地說：「真無聊！」然後逐件玩具撿起俯身；相反，倘若媽媽看到了，阿朗一定會挨罵。但阿朗在他至愛的爸爸去世時，竟沒有流過一滴淚；他有些同學遇到類似的巨變，會連續幾天在班上滿臉淚光、無精打采，阿朗卻在爸爸急病入院、死亡以至出殯的日子裏，不斷在心中說：「沒事的，我還可以活下去。」就是當他身處殯儀館的停屍間內，隔開一重玻璃看著化了古怪妝容的爸爸，他亦一直緊咬著嘴唇叫自己保持決絕，待他媽媽氣得在涕淚交橫之際摑了一巴掌，他才不得不哭出來。

阿朗爸媽是文化大革命時，從大陸走了兩日兩夜山路逃到香港的。兩人在工廠認識，唸書只唸到小學，少年時被派去煉鋼，一煉煉了五、六年，結果只煉出一大堆沒用的劣質材料，但全工廠的人縱使挨餓挨冷還要苦幹下去。當文革來到時，有人揭發，阿朗爸爸那個他沒見過面的祖父，竟然是前清末代秀才，父親又是北大學生（在大躍進初期餓病致死），他就被認定是兩輩「臭老九」的子孫，結果被一幫孩子於一個下午之內將他的家毀了。他唯有在押去公審的前一晚，帶著女朋友犯難竄逃，不情願地跑往英國人的地方去。到阿朗出生時，他爸媽已在石硤尾經營一家小小的紙扎店，生活勉強尚能餬口。對於阿朗祖父以至曾祖父的知識與教育，阿朗只能看到一樣證據，就是爸爸即使逃難時也小心藏在衣袋內的一本書。書是阿朗曾祖父在日本侵華前幾年買給剛上大學的阿朗祖父的；當時阿朗祖父很受五四文人影響，整天喊著要打倒舊文化，阿朗曾祖父就送了一本當年新出版的《儒釋道精義》，希望阿朗祖父接受一本寫得「洋化」卻又兼談儒釋道的書，從而比較尊重中國文化傳統。《儒釋道精義》的著者一心要融合三家學說，將它們並列立論，互相引證，但又寫得深入淺出，甚至有不少形容莊佛譬喻和孔門講學的插圖。假如阿朗有心查考，他會發現該書作者是真正堪稱「學貫中西」的通才：小時深受科舉教育薰陶、長大後獲公費坐遠洋輪到英國唸哲學，學成回來後決心將中國思想以現代語言向大眾闡述。阿朗祖父究竟對《儒釋道精義》有甚麼讀後感，阿朗已不得而知，但那書不知怎的成了「家傳信物」，一代傳一代，到了阿朗手上品相仍很完整（雖然很顯地被翻過多遍），只是紙質發黃和頗易碎裂，阿朗讀時要小心奕奕。

小時愛四處跑的阿朗，竟然從頭到尾的看完整本書；他媽媽甚至勸過他不看也罷，因為書太舊了，況且書名那麼「高深」，阿朗也不像能夠從學到甚麼。但阿朗還是讀完了它：那是一件令他媽媽十分費解的事，因為阿朗一向沒興趣看書。他的學校考試成績很差，功課都不願做，整天只管在石硤尾遊蕩玩樂……唯有當他在讀《儒釋道精義》（還有吃飯、睡覺與看電視劇）時，才會靜靜待在家中。

很多年後，當阿朗脫離了阿康，擁有自己的地盤時，他已差不多完全忘掉了《儒釋道精義》；對於當年究竟看明白了甚麼，他也毫無頭緒。他唯一只記得其中一幅插圖和下面只有四個字的標題：「捨筏登岸」。他留意到的插圖和書中其他插圖一樣，只以黑線和留白畫成，筆法有點像傳統的中式勾勒，構圖卻用上西式透視法，視點來自圖的左下方，要是觀者的眼睛從左下方出發，視線向右上方掃過去，當會先留意到一條河。河中央飄浮著一排簡單地以繩索繫成的木筏；再往右上角進發的話，視線就會到達「彼岸」的陸地，地上有一個寬袍大袖、昂首前行的人的背影，背影的衣裾隨風飄揚，很有「仙風道骨」的古典形象。

要是阿朗長大後才第一次看見那畫，他多數不會再看一眼，或者會以為它是武俠小說的插圖（但為甚麼只看見大俠的背影？）；要是他也看到書名，就一定會逃得老遠。不過，阿朗是在小時和那畫結緣的。人在孩童時目睹過，之後幾十年仍難以忘懷的情景，常常都很意想不到。阿朗多年後仍然記得那條河、那排木筏，還有那個他總是覺得酷極了的、永遠刻印在心中的背影。他當然也記得「捨筏登岸」四字。他曾經嗤笑說：「是不是等於『過橋抽板』？」他長大後自以為記得的意思是：做事要達到目的，總得靠一些人、一些工具、一些力量，而一旦目的達到了，那些人或工具或力量就可以——就應該——放開，讓它們隨事情的流轉漂浮開去，心裏亦不應再被它們牽絆。而真正令阿朗一生追慕的，是那個衣裾隨風飄揚的人。他小時常常作白日夢似的對自己說：「一雙袖子像在風裏飛一樣，自由自在，多好。我做得到嗎？我做得到嗎？很難，是不是？」他腦海裏這時又會出現那條河和它的彼岸，還有正在漂走的木筏……到他長大後，他已忘了自己其實仍然最想當那個人，亦很清楚「過橋抽板」的意象。於是，阿朗不住找河來渡、找彼岸來登——不單是一條河或一道彼岸，而是很多河、很多彼岸，還有在橫渡、登上的無數過程中被捨棄的千萬張木筏。他到了挾持貓叔妻兒準備逃亡的一刻，都沒有細想過：原來自己一生都只是為了一幅畫中的一張背影而活。

阿朗不是被人「帶壞」的。沒有人強逼他加入黑社會。他小時在屋邨裏到處都是玩伴，他的玩伴都是平常人家的乖巧孩子，他們最大的願望是有地方踢紅白紋相間的硬膠「西瓜波」和打乒乓球。他有時和屋邨某座的一夥人玩，有時和另一座的另一夥人玩，由於總是笑容滿臉又隨和健談，大家都喜歡他、接受他。終於有一次，有些年紀較長的少年大搖大擺地向其中一夥孩子走過來，自稱是甚麼甚麼堂口的，要搶去孩子正在玩的球，也要孩子將場地讓給他們；其中一兩個孩子不服氣，想和少年作對，看去將要先口角後動武，阿朗就逕自勸他們不要鬧事，走就走吧；結果避免了衝突。孩子們很快轉移陣地到一個不顯眼的街角玩耍，之後再沒有人打擾他們。

但阿朗還有很多機會看見屋邨裏的黑社會。他看到他們在球場觀眾席上（也不過是幾排長凳罷了）一起吸煙、賭十三張、調戲經過的女生、與身邊的妞兒親熱。他也看到他們在屋邨樓梯的暗角賣白粉給瘦削得像隻鬼的道友。道友全身散發死氣沉沉、臉色蒼白，卻還拼命想再追龍一次（就只是這麼一次，這麼一次！）。他又看到黑社會的小混混在天台的非法睹檔把風「睇場」。阿朗當年只是一個豆丁，在屋邨任何角落來回亂逛都沒人理會——當他自覺危險時又會很小心地躲起來偷看——自然甚麼都看進眼裏了；他還曾「黃雀在後」的窺探老伯偷看女廁，旁觀少年男女在自以為隱蔽的角落怯怯地初試雲雨，等等。這些見聞以及他目睹過的黑社會活動，他全都當作「獵奇趣事」而和別的小孩子分享：小孩子覺得世界一切都很有趣，這是小孩子的福份。

在那些日子裏，阿朗從來沒想過走入他窺見的陰暗世界，因為媽媽常常教導他：黑社會是壞人，千萬不要跟他們混！阿朗也覺得和自己相熟的小孩踢球，最是痛快，也不用賣白粉或替玩天九的叔叔嬸嬸把風吧。

——直至某個黃昏。他當時大概十二、三歲，剛升上中學，放學後在球場玩了一陣子就回家，心裏盤算著先看電視、吃飯，然後做功課；他剛來到媽媽已獨自打理了幾年的紙扎店店外時，忽然有一個孩子氣急敗壞地跑到他跟前說：糟了，出事了，某某和某某正在被揍呢！那兩人是阿朗的玩伴中脖子最硬的，後來阿朗知道，他們因為一張乒乓球桌而和兩個黑社會小混混爭執，小混混其後呼朋喚友，召來一大夥小混混……阿朗走近時先是聽到吵罵聲和嚎哭聲，然後看見一群哥哥（還有兩三個姐姐）圍成一圈，卻看不見圈裏的事情；後來，人群意外地露出了罅隙，阿朗才看到兩個小孩躺在地上、血流披臉、大哭著。

阿朗這時很清楚地聽到帶頭的小混混大叫說：

「你們兩個豆丁聽著，這是我們的地頭，不是你們的！你們不要胡亂撒野！你說我們大的欺負小的？對，我們就是大的欺負小的！你說我們人多欺負人少？對啊，你奈我們如何？我管你媽的！我甚麼都不管，我就是要揍你！」

兩個小孩的父母後來報了警；警察抓了一些人，但根本沒有作用：小混混仍然在屋邨裏四處遊蕩，其中一些還反過來恐嚇小孩的父母，雖然沒做出甚麼，但也令兩家人提心吊膽了好一陣子。

其中一個有份打電話恐嚇小孩父母的小混混，就是新加入的阿朗。他的大哥本身也不夠二十歲，向其他小朋友小混混盛讚阿朗對著話筒壓低聲線裝惡人，十分像樣。

是甚麼令阿朗加入的？是黑社會的暴力嗎？還是以大欺小、以多欺少的強蠻？可能是，可能不是——儘管阿朗後來在社團之中是有名殘暴凶蠻的。但至少當時的阿朗，在事件之後好幾晚睜大著眼睛輾轉不能成寐，小腦袋裏縈繞不散的，不是打人與被打的情景，而是帶頭的小混混的話：

「我管你媽的！我甚麼都不管，我就是要揍你！」

很多年後，阿朗回想當年，也不禁嘲笑自己：「還是豆丁時就已經愛揍人愛上癮，像道友愛追龍。」但他低估了自己：他沉迷，還不是揍人本身，而是可以甚麼都不管，甚麼都可以做，揍人只是其中之一。他一輩子都在測試自己能夠「管你媽的」至於甚麼程度——雖然他甚至不知道原來一直都是在測試自己，只是很漠然、直觀而瀟灑地玩完一個又一個挑戰遊戲。因此他後來跟從了阿康，是很自然的一回事。

阿朗原來的諢號是「波鐘仔」；這諢號從何而來（他不愛打桌球，替頭目辦事也鮮會拖延），連他自己都忘掉了——反正他跟了阿康後就模仿阿康，一心將自己的諢號改作「阿X」的模式，並且要像阿康一樣，要求「X」必須是一個取自他本名的字。他本名中有一個「朗」字，跟「康」諧音，由是令他深覺，阿康確是他的宿命所依。他是在油麻地一個球場認識阿康的；當時他已放棄唸書很多年，「全職」替社團做各種各樣的幹活，無論賣光碟、揍人或在球場強逼少年入會，都有他的份兒，而且每次都很落力，彷彿要向旁人證明他如何「管你媽的」，愛上種種會被警察抓或令無辜者痛苦的勾當。他因為忍受不住母親每次見到他面（其實見到面也只是深夜——但也要媽媽強撐著不睡等他——或媽媽在大白天他睡著時吵醒他）必會出現的痛罵，同時亦希望到油尖旺一帶碰運氣「成名」，因此搬到了廟街，和幾個小混混湊錢租住某社團老大買下的一個單位。

阿朗在油麻地最先追隨的大哥，是一個連正式職銜也沒有的小混混小頭目。阿朗日後回想當年，只在心裏冷笑説：實情是大哥在追隨他呢。也難怪他自鳴得意：有一次，大哥帶著阿朗參加一場和水和的混戰，大哥自己害怕得心裏發毛，不敢衝上前，只有當水和的人跑過來時才拼命而盲目地揮動水喉管，阿朗卻像到了遊樂場玩過山車一樣大叫大嚷著往水和那邊跑過去，途中見人就打。然而阿朗也不只有蠻勇，他還教大哥如何在兄弟之間建立威信：有一次，一個新入會的少年犯了一點兒小錯，那種過失一般只會換來幾句斥責算數，阿朗卻叫大哥叫人當眾揍少年一頓——阿朗自己率先下手，也下手得很重——令跟隨大哥的一夥小混混從此誠惶誠恐，大哥說甚麼都不敢違抗，必定乖乖照做。又有一次，大哥所跟的大哥打理的一所夜總會，有一個新加入的妞兒很不聽話——聽說她本是有錢人家的書院妹，後來不知怎的被另一個叫阿榮的大哥搞上，之後就翻不了身、被踢下海——阿朗的大哥奉命要給她一點顏色，阿朗聽到後就自告奮勇出計和執行。他們將女子抓回來，阿朗在大夥兄弟面前強行脫光她的衣服，再狠狠地摑了她幾巴掌後，大笑著對眾人宣佈：

「她不聽話，我們一夥兄弟輪流操到她聽話為止！」

阿朗先讓大哥行事，接著就是他自己。到了第三個人之後，女子已經一臉生不如死，連大哥自己也不好意思，於是叫停了。阿朗聽到後笑說：

「啊，很多兄弟嚐不到甜頭，大哥你要請吃火鍋補數！」

不久之後，阿朗聽說社團裏有一個剛升為白紙扇的大哥；那人主要在砵蘭街混，但油麻地也有幾間麻雀館歸了他打理。傳聞又說，他幾年前才入會，最初只是替人泊車，但上位很快，因為他做事很毒很狠，也很有頭腦。令阿朗印象最深刻的故事，是曾經有兩個兄弟騙了阿公的錢，被那大哥發現了，那人於是召集同夥的兄弟，坐兩輛麵包車到郊外一個木工場集會。他叫人將犯事者分別縛在兩張車床上，然後從容地問兩人：「你們用左手還是右手寫字？」兩人嚎哭著答了右手，同時又呼天搶地求饒，但他只笑了一笑，然後吩咐一個平日派去打人斬人的兄弟，用一個手提電動圓鋸將兩人的左掌鋸下——將故事告訴阿朗的人說，大哥只是因為不想被血弄髒衣服，才不親自下手。有五、六個圍看的兄弟，不是嘔吐就是當場暈倒，就連行刑的人也在關掉電鋸的一刻頹然虛脫，僵在地上好幾分鐘。大哥這時卻冷靜地對兩個斷了手的兄弟說：「幹這一行，犯了錯不是扣人工或被辭掉，而是這樣子。你們有腦筋騙錢，應該對錢有 sense，以後就替我對數記賬，好好用剩下的右手打銀碼進電腦，不要做傻事了。」然後他凝望著兩段截肢，冷冷地呼喝四周嚇得半死的兄弟說：「大夥兒去深水埗吃飯，我請客，你！（指著一個人）你記著，上了車後就打電話叫白車！」

新任白紙扇大哥不只會打打殺殺，還會管賬——他的管賬能力和他的凶殘一樣著名，對著一堆收入支出和賒借數額毫無懼色，甚至游刃有餘。阿朗想到：他一定很有點子、很會變通，就算沒有現成舟筏過河，也能夠就地取材建一排……那個叫康哥的人，必然可以教他一兩樣東西。

阿朗曾經親自走進阿康打理的其中一間麻雀館，離遠看見了阿康（阿康四周的人對著他叫「康哥」，阿朗於是知道是他），可是阿康忙著和兄弟說話，阿朗生平第一次心生怯懦而離開了。後來，有一晚，阿朗閒著沒事，在一個球場流連時，竟看見阿康獨自拿著一罐健怡可樂閒步走過。阿朗自覺碰上了好運，就冒昧上前自我介紹，並說了一些自己以前做過的害人惡事。

阿康一邊聽他，一邊開罐喝可樂。到他說完了，阿康就嗤笑說：「你變態的嗎？光是愛折磨人？」

阿朗只笑著說：「康哥，我只覺得很好玩，也幫得到社團。」

阿康搖頭說：「不，不，我們不是為了幫社團而進來混。你其實知道的，對不對？」頓了一頓後又說：「你真正想說的，只是前面一句。你想玩，好好地玩。」

阿朗不置可否，卻目光烱烱地瞪著阿康微笑。

阿康續說：「好，好，你跟著我，跟我就不會玩得這麼變態——嗯，也許更變態。」

阿康兩天後找阿朗的大哥說了幾句，阿朗就順利地正式「過檔」——阿朗的大哥根本不是阿康的級數，自然不能不應允。

阿朗跟了阿康後，就再沒有為折磨人而折磨人；無論打鬥或對付妞兒，都不像以往老是想著可怕的點子。但阿朗也是在跟了阿康後，才生平「第一次」殺人。固然，他以前也有揮著開山刀和大夥兄弟一起斬人的，但他從來不知道自己斬過的人有沒有死掉，也不是為了令被斬的人死掉才斬下去——他只是為斬而斬。後來他的「第一次」，卻真的是為殺而殺。

事情本來很簡單：阿朗和阿康一起，去找一個人討債。那人是一個癮君子，阿康的賬薄內有十來個長期欠債不還的都是這種人，他們借阿康錢總是為了買白粉，阿康早就知道他們到死的一天都不能還清欠債，甚至不會奢望他們能夠定期交付高利貸息錢；只要他們能夠保持每隔一段日子還一點點借一點點，阿康就會叫兄弟放過他們——同時也可以保留他們以備不時之需，例如有盜版光碟檔口被查，可以找人頂罪。

但那一次，癮君子人間蒸發了好幾個月，沒人找到得他，實在太過分。於是一有線報說他躲在元朗某個角落，阿康就叫阿朗去找他「談兩句」。剛巧，那天下午阿朗預備找他，因為之前約好一起吃午飯。飯後阿康半天有空，又不知怎的忽然想「看看元朗」，於是一起去了。

他們坐了一個鐘的西鐵和輕鐵，最終在某幢唐樓天台的角落，找到一個用鐵皮搭成的簡陋「巢穴」，癮君子正蜷縮在幾張紙皮裏，渾身都是因好幾天既沒換衣服又沒洗澡而發出霉臭——當時是春夏之交已經如此，倘若是仲夏，氣味必然加倍，說不定阿康和阿朗不會久留，癮君子就會避過大劫。

阿朗不作一聲，將那人拉出來揍了好一頓，將他從睡眼惺忪揍至完全清醒地呱呱大嚷。

阿康此時叫停阿朗說：

「行了，看看他有多少錢。」

阿朗這才開口問癮君子「還錢」。對方當然還不了，只象徵式的繳了一張紅鈔、幾張綠鈔，同時滿嘴都是搖尾乞憐的話。阿康收了錢後就叫阿朗走。阿朗本來也打算走的，可是臨行時回望了癮君子一眼：那人正跪在地上像拜神一般的不斷向他倆叩頭道謝。阿朗於是問阿康：

「他是徹頭徹尾的人渣，康哥你說是不是？」

阿康笑笑說：「對，連人也說不上，只是垃圾，但垃圾是可以循環再用的，你明不明白？」

阿康的話還沒說完，阿朗已經折返，狠狠地揍了癮君子幾分鐘，無論拳腳都特別用勁，彷彿要發泄甚麼似的（雖然阿朗那陣子生活很不錯，平日總是十分開懷，一如以往喜歡笑），最後那人只能躺在地上不住抽搐，大口大口地喘氣，滿身是血。

阿康這時不耐煩地看著手錶說：「夠了沒有？」

阿朗正凝望地上一雙腫得不能閉上的眼睛，同時問阿康：

「康哥，他要是死了，我們是不是少了一個財源？」

阿康說：「他算不上『財源』，只是一些零錢……」

「我殺了他可以嗎？」

阿康從容地說：「不會有甚麼損失的……」卻也問阿朗：「為甚麼要殺他？」阿朗這時以鋒利的眼神看著阿康（阿康覺得那眼神要比他們第一次見面交談時要深邃不知多少倍；也是從那眼神開始，阿康對阿朗萌生了疑心），說：

「沒甚麼的。我只想……殺了他。沒甚麼的。」

阿康聳聳肩，點了點頭，然後掉頭走了，走時說：

「玩完到街角的茶餐廳找我，我們剛才經過的，知道嘛？」

天台很快只剩下阿朗和半昏迷的癮君子。阿朗自褲袋掏出一柄摺刀，將刀鋒拉出後，默然緊盯著癮君子整整半分鐘，之後以閃電一般的速度，在癮君子脖子的大動脈抹了一刀，再往心臟捅一刀。

他揮刀時很小心，摺起衣袖、伸長手臂，以免噴出的鮮血濺在衣衫上。但最後，他的外套還是沾上一些血。他只好脫下外套，順便將外套包好那染紅了的摺刀，然後徐徐離開。

阿朗在天台的樓梯口最後瞥看屍體時，癮君子四周的血迹正漸漸擴散為一灘血窪。

其後他沒有刻意打聽屍體的下落，只約略看了看報紙，確定人是否真的死了而已。

他走往茶餐廳見阿康的途上，心裏只想著鮮血自頸動脈迸湧而出的景象，還有癮君子漸漸變得蒼白的臉——心想：那是出生以來第一次仔細端詳一個死人（他一時之間忘掉了很多年前爸爸的遺容）。他不是感到恐慌、害怕，更不是感到內疚；他只是好奇地思考剛變作回憶的一幕，有點像思考一個科學現象，或更確切地說：像在一個幽靜的藝術館裏，欣賞一幅畫作。但他的欣賞沒有愉悅，只是沒喜沒悲卻也充滿熱情的——欣賞。

他一進入茶餐廳就離遠看見了阿康；當他來到阿康的卡座，在對面坐下時，阿康正以刀叉吃一碟澆了金黃糖漿的西多士，吃得很滋味，吃下一口後又呷一口咖啡一同嚥進肚子裏，十分享受。阿康一邊嚼西多士一邊說：

「午飯時的魚蛋河太少了，現在就要再吃呢。隨便落單，我請。」

阿朗拿起餐牌，心不在焉地研究（「血自頸邊噴出，也自胸口噴出」「像插在床褥上」）。阿康這時剛將一大塊西多士一骨碌吞進了肚子裏，隨即以清晰的語音問阿康：「刀給包在外套裏面了？」

阿朗說：「是。」

「沒有留下東西？」

「沒有，康哥，我很小心的。」

「嗯，好。你沒事吧？」

「沒有，他本來已經半死，沒反抗。」

「那好。以前有沒有做過？」

阿朗放下了餐牌，直望阿康說：

「當然有啊，跟水和……」

「不，那是一群人互相胡來，像打仗。打仗時你會殺很多人，平常日子卻連揍一個人都不敢，因為打仗時人人都瘋了，瘋狂會互相傳染，很不正常。不過，說到你（嗤笑），你根本就不正常。」

阿朗笑說：「康哥，我只是想做事……我只是想做事手起刀落，像你。」

阿康大笑說：「我可沒你剛才手起刀落的能耐，朗哥！」

阿朗平靜地說：「康哥你沒有做過，因為你很清楚自己能夠做到。我卻不清楚。」

「你現在清楚了嗎？」

阿朗點點頭。

阿康續說：「那就好了。是一刀弄妥的？」

「是，康哥，在脖子上。……還在心臟加了一刀，買個保險。」

阿康聽後想了一想，然後瞇縫著眼睛說：「很奇怪是不是？無論揍人或者行家法，斬手指或甚麼都好，都會很痛，痛得要命，那人可能會求你殺了他，解脫嘛。但要是你一刀弄妥，那可是沒多少痛苦的，你卻會覺得比行家法還要……嗯，怎麼說，很多人會覺得，嗯，殘忍很多。沒錯，那人是被你奪去了性命，生存不了，吃不了操不了，甚麼都沒了。但我想不會比被斬手指痛，而且痛不了多久就兩腳一伸，沒了知覺。相反，被斬了手指後，痛楚可要持續一段日子的，之後走在街上，要是有人留意到，就會好奇或厭惡地觀看；要是被斬的是手掌，或者被打瘸了腿，就殘廢得更明顯、更能引來一雙又一雙眼睛看著。但似乎，這些對我們來說，還不及一刀了結一個人，來得嚴重。」

阿康的議論，阿朗聽到半路中途已禁不住面露不耐煩。阿康一說完，他就恭敬地點了點頭，緊接的下一句是：

「康哥，我也餓了，不客氣了。」然後招手喚侍應過來，叫了一個下午茶餐A：餐蛋通粉改公仔麵，飲品要冰奶茶。

阿康在這一刻向阿朗瞪了一眼，然後改變話題說：

「看過《無間道》沒有？聽說拍得很不錯，過兩天約一夥兄弟一起看。」

兩人再沒提起那癮君子，阿朗也沒有再親手殺過人，甚至親手揍人和折磨人都少了，因為他已經「清楚」，不用證明甚麼。更何況他漸漸有了自己的人馬，阿康叫他做甚麼，他就轉頭叫自己的兄弟做，他只負責安排如何做、多少人做、甚麼時候做和在哪裏做，等等。有時他也會想辦法設下陷阱，讓目標人物措手不及——他最享受的，正是替阿康殺大龍的一連串佈局。

阿朗愈來愈有自信；他開始以為，他能夠從阿康學習到的都學了。有不少人跟他說，他連一些說話的腔調也很像阿康。他於是沾沾自喜：這表示他已有阿康言談間所展露的智慧與銳勁，有阿康那麼「酷」。於是他決定，現在可以捨棄阿康這大筏，獨自登至彼岸。固然，他管賬永遠不能像阿康了得，但阿康也不如他會揍人，他也沒有阿康有時耽於胡思亂想的弱點（更不會滔滔不絕地說文縐縐的絮語），而且他肯定自己做事之狠和頭腦的精明，已不在阿康之下。他要到達更上一層的「手起刀落」，就要試試一些光是做阿康手下永遠接觸不到的機會……

他大概也在這些日子裏隱約意識到：他終有一天會反過來背叛阿康，甚至陷對方於死地；到那一天真正來臨時，他就會徹底而無顧忌地利用阿康，去對付他要一次過「手起刀落」

的所有人。

但在那一天之前，他先得按部就班：自立門戶，不要再像個跟尾狗一般靠在阿康身邊。他考慮過，找個目標，將阿康殺大龍的計劃照做一遍；但他自忖行動會太著跡，也很沒創意。何況義貴與水和的關係自大龍被殺後緊張了不少，兩邊都在緊盯對方重要人馬的行動，任何小動作都容易被發現。怎麼辦？

阿朗於是想到：令一個現任的堂口話事人離任，然後由阿康或某些賞識他的叔父（他當時已在叔父之間有點名氣）推舉他填補空缺。但怎樣行事？嗯——阿朗思量——可能是那話事人做錯了事，錯得很嚴重，於是被叔父們攆走或自行引退……

那末，應該搞誰？阿朗最後選擇了負責和泰國販子合作運白粉的人——運白粉是一條財路，阿朗要是得到手，還可以跟泰國那邊打交道。

即是說，阿朗要對付的是金華。究竟「金華」是真名（不一定是姓金名華，也可能是姓某名金華），還是諢號（可能因為他很愛吃火腿，人家就叫他金華），阿朗並不知道，因為彼此甚少來往。除了很久以前，金華曾差遣手下幫助他揪出幾個欠債不還的癮君子。金華輩份只比貓叔略低，年紀也不小——他滿頭都是銀髮——已經當了很多年話事人。有說他做事負責但眼光不遠大，循規蹈矩，像個官僚，因此升不上貓叔的位置；但叔父們都很放心讓他打理白粉生意。

怎樣對付這個人？阿朗從打聽回來的情報推想，金華一定是很怕出錯的人，只會一味按章工作，做任何事都有一套繁複的步驟。他自己不會偏離程序，亦嚴禁手下不跟從，除非事情本身偏離了他的嚴密設計，出了岔子，不得不改，或阿公下命令——那他就會陣腳大亂，正如一隻每天都要散步的狗，本來每次一出門都是轉左的，突然有一天要轉右，便會又吠又哭了，還會發不知甚麼樣的瘋……

「這就容易。」

阿朗先買通幾個癮君子——他派心腹聯絡中間人與那些癮君子接頭，以確保事敗也不會被發現——叫他們趁金華的手下跟幾個主要拆家交易時，將那夥人一次過全數洗劫，搶走最多的錢和最多的白粉。癮君子之間總會流傳拆家交易的情報，有交易被偷襲，金華他們也不會奇怪有人知道，甚至很自然地會懷疑是有些癮君子毒癮發作卻身無分文，於是發獃發狠，甚至向金華的人和拆家埋手。阿朗很快「查出」了作案的人，並將他們遞到金華面前，叫自己兄弟給「金華叔」上演一場好戲，將幾個癮君子打得半死，甚至打斷手骨（阿朗給癮君子開的條件是湯藥費加免費供應白粉半年——他其實可以乾脆殺了他們的，但擔心那樣會引起懷疑），也將劫去的白粉與錢全數歸還。

要是金華為人怠惰或疏忽，不擔心再被打劫，最多每次交易時多派一兩個兄弟「壓場」，只在門面上加強保安，事情就會被丟淡。可是，阿公給了金華一些壓力，令金華很擔心，要求阿公加派人手給他作「護衛」。阿朗聽到就跟阿康說：不如向叔父們建議，派阿朗和他的兄弟幫忙。

阿康聽了就說：「你要自告奮勇的話，我就跟他們說。」卻忽然靜了下來，想了想後說：「一直都是你安排的，對不對？」

阿朗故作淡定說：「安排甚麼？」

「……他叫甚麼名字？竟然忘了，這陣子一定太忙，記不了這麼多……對，對，金華叔，他被人打劫……是你抓到那些人的，對嘛？（語氣變得沉重）老實說，是不是你叫他們打劫金華的？」

阿朗先是一臉愕然，繼而失笑說：「康哥，我怎會有天大的膽子打劫金華叔？」

阿康卻沒追問下去，只說：「嗯，總之……算了吧。」

阿朗吁了一口氣，說：「麻煩康哥向叔父們說說。」

阿朗於是得償所願，獲批准與自家兄弟一起幫助金華；但金華仍然很憂心，整天害怕又會來一次打劫，也害怕如果真的來了而最後由阿朗的人擊退劫匪，在叔父跟前就更加沒臉了，彷彿他竟然要讓幾個「外人」去處理自己的差事——但他又不放心只靠自己的人馬。金華於是繼續絞盡腦汁，重新更改大家習慣了的交易日期、地點以至交易方式，並且不只改一趟，而是每次都做……弄得無論拆家和金華自己的兄弟都怨聲載道，金華也連夜失眠。

阿朗趁這個關鍵的時刻，再一次收買幾個癮君子（這一趟的癮君子平日流連的地頭和阿朗的相距很遠）打劫金華的交易，並叫保護交易的兄弟裝傷也好、裝蒜也好，總之讓癮君子得逞，卻在兩三天後「抓獲」他們，然後又在金華面前毒打一番。金華在這一役之後，簡直患了焦慮症，瘋狂地不住改這改那，害得劣評四起，可是狂瀾一般的投訴卻更逼得他繼續頻頻改動。最後，叔父們受夠了，就叫金華「退休」——畢竟金華已快七十歲，有兒有孫，他自己也樂得退下。

於是，在阿朗決定以金華為靶子後不夠半年，就將金華鏟除掉。

阿朗既然一直在幫助金華，阿公就順理成章地讓他頂上金華的位置，並叫阿康和他一起接辦白粉生意。和泰國販子合作了一年之後，對方十分滿意，還在一次商談中主動向二人提出：

「金三角有兩樣東西很豐富，一是罌粟，二是軍火。你可以說：罌粟是因為軍閥要錢買槍買炮而變得豐富的，但也可以說：軍火是因為種了罌粟才多起來——你說先有鷄，還是先有蛋？但既然我們賣蛋給你們，賣得大家都高興，你們不如連鷄也買一些，我們當然會打個友好折扣。」

阿康和阿朗聽後的第一個反應是面面相覷。兩人不作聲半晌之後，阿朗忍不住說了一個爛笑話：「你們的鷄有沒有禽流感的？」

於是，他們和泰國除了買賣白粉，也開始偶爾作軍火交易，令叔父們非常讚賞。

阿朗的目的全達到了，而且不用殺一個人就能達到——這最後一點尤其令阿朗自鳴得意：「阿康的手段還不及我！」還有，阿朗愈來愈看不起叔父們，覺得他們甚麼都不會，整天只知叫下面的人做這做那，阿朗自信他已經勝過他們全部人，只是他還沒證明過。他彷彿已經看到了另一條河，看到了河中的一排木筏；他要再次作出嘗試、再次挑戰自己：他要往另一個彼岸划過去：一個在彼岸之外的彼岸。

——但他忽略了一件事：他從來未能消滅心中的過去。自他出生以來的一段段記憶與感情，全都沒有離開過他的靈魂：小時候的自得與快樂、無傷大雅的嬉戲、父母對他以及他對父母的愛（無論一家三口或一家兩口的溫馨）、紙扎店的燈籠、與別的孩子踢球……何況仍然有一個人能夠在當下的現實將他與過去連繫上：他的母親。他已很久沒見過媽媽。六、七年前他曾到石硤尾邨探望她，卻被她當著鄰里面前大罵一輪趕出門，自此他就再沒興致回去；其後還有一段時間，他也會偶爾打電話給母親，只不過每次對話都不歡而散，媽媽不是冷言冷語就是高聲斥責，令阿朗心裏很不是味兒，於是漸漸與母親終止了聯絡。阿朗搬到油麻地後賺錢多了，也曾嘗試孝敬母親，但母親從沒接受他的一分一毫：他寄來的支票，她從不兌現，要是他直接存錢進她戶口，她就將數額全部提出，再將現金寄回予他；阿朗最後只好放棄了。到了阿朗當上話事人，替社團操控一樁又一樁大生意，這時他以為自己已經不再記得這麼一個老婦，她只是他生命中一個遙遠而微不足道的塵封陰影。的確，他已將過去拋諸腦後，但被拋諸腦後只等於潛伏腦後，等於河中的暗湧，等於一股隨時會將他拉回人間與人性的力量。

昏；阿定

Even withn the utterly lost, to whom life and death are equally jests, there are matters of which no jest can be made.

Edgar Allan Poe, *The Masque of the Red Death*

一切有為法，如夢幻泡影，如露亦如電，應作如是觀。

《金剛經》

的士駛上了呈祥道，沿公路往屯門穩定地前行。阿蓮伴著阿朗的母親，坐在後座，阿康坐在司機旁邊。

阿康心煩意亂，一時往右瞧——單調地長滿茂林的山巒——一時又向左望，遙見從山腳一直伸延到幾乎看不見的海邊，那大大小小的屋邨、屋苑、工廠大廈、商業樓宇……他也有勉強向前望，盯著將殞而未落的金黃暮日；比起他去見一眾叔父時，此刻的太陽少了幾分熱力，卻更刺眼、更逼近人間。司機早已拉下防曬板，但阿康不知怎的，總是不願拉下自己座位的那個，甚至不願以手遮目——彷彿他與自己的眼睛賭氣，要是他不直看著那病態地璀燦的光芒，他就是「輸了」。

阿康的目光也常常落在後視鏡之上：他看到阿蓮手肘倚著車門，手掌托腮，滿臉愁容、似看非看地注目於窗前掠過的樹叢；阿朗的母親一動不動地坐著，雙眼圓瞪，但眼神奇怪地空洞。

阿康的手機這時響起。

是貓叔的聲音——阿康從來沒有聽過貓叔的語氣如此焦慮、如此絕望。

「你告訴我，在哪裏上船，告訴我！」

阿康冷冷地說：「我早說過我不知道。他只是叫我先往青山公路。你想想，他怎會告訴我？他不怕我漏口風給你，將功補過的嗎？」

貓叔的聲音變得瘋狂：

「我操你媽的，你現在就告訴我！」

阿康聽到二爺在貓叔身後的沉著勸喻。

他還未有機會再開口，電話另一邊已截然掛斷。

他隨即對的士司機說：「屯門公路不會塞車吧？——待會兒你只管上屯門公路，我們趕時間。」

阿康忽然有一股衝動：不如將手機擲出車外，然後叫司機載他回家去——他曾經有一個老婆和一對子女的家——就當十年來一切都沒有發生過。

但正當他想到以前的家，卻也驀地記起了他當年在砵蘭街扔掉手機的一幕。

——但奇怪的是，他的回憶就在將要扔電話的一刻止住了。無論他如何努力，都記不起自己將電話丟到甚麼地方去。

啊，還有，他接著走進——走進哪裏？是一間夜總會嗎？哪一間？他後來替他們……替他們做甚麼？他是如何開始的？

他就像孤身漂浮在遺忘的大海裏，身邊連一塊可讓他抓住、攀住的木板都沒有，他只是不住掙扎，令靈魂維持在記憶的空氣中。他已清晰地預見，今天一完結，倒下來，人便會沉進無盡的深淵裏。

他的頭隱隱作痛，不得不閉上眼睛，按著前額攤坐在車座上。

他感到一隻手輕輕碰觸他胳膊，同時聽到阿蓮嗚咽的聲線：「你怎麼了？」

他回答：「我沒事，我沒事。」

他想將自己座位的車窗開大一點：車窗現在幾乎完全拉上，只留下一條隙縫，讓吹遍公路、混雜了廢汽的風颯颯滲入；他想呼吸多一點這份清涼，也不管當中的污濁了——但最終只令隙縫變作一本電話簿書脊那麼闊，因為害怕後座的老婦受寒。

老婦也令他的思緒回到阿朗。

他不禁皺著眉頭，輕拍印堂，在心中三番四次地自問：「為甚麼他要告訴我？為甚麼？為甚麼要將上船處一早告訴我？……」

他根本是知道原因的，但原因太可怕，他不想面對：阿朗正是要他轉告貓叔。阿朗料到他一定會的，因為阿朗已經肯定，無論先前那個「手起刀落」、機關算盡的阿康，還是現在這個既失憶又想走回頭路、在阿朗眼裏「一塌糊塗」的阿康，都一定會反抗——一定不會輕易讓阿朗將他拉進一個得罪了所有人還要著草的困境。

難道阿朗要和貓叔……因此才要阿康將上船地點轉告貓叔……但為甚麼？……阿康慘笑自忖：對了，這個人就只能繼續賭命玩下去，他要挑戰自己！「變態的傻瓜！」

阿康於是決定：「我先過去，試試擺平事情，然後貓叔才到也未遲。」他當然早晚要告訴貓叔的，問題只是甚麼時候。他不能太早；貓叔多數會帶一夥人來，他們一到，他就控制不了局面，而且他們不會珍惜坐在這的士內三個人的性命。但阿康也不能太遲告訴貓叔；要是他自己擺平不了，就得靠貓叔解圍，至少靠貓叔轉移阿朗的視線。不然——他自己反正過不了今天，可是阿蓮和阿朗媽媽都得活下去……

他一坐上的士，就不停傷腦筋思索以上一切。要是在過去，他一定會覺得很有意思，像下棋一般有意思；但現在，他只覺得討厭。

他唯有先告訴貓叔一點點大概，旨在拖延他，之後再等候時機。

但單憑他和後座兩個人，就能擺平阿朗嗎？也許竅門就在於阿朗的母親。阿朗終究是一個凡人，不是那種只會在電影中出現的冷血超智能罪犯；不，阿康相信，阿朗也是人，而既然是人，就一定有弱點。就說阿康自己：他這一刻的弱點，就是他以前的家人，還有阿蓮。

阿康總得賭一次。他苦笑：他和阿朗沒有兩樣，始終在玩、在賭，直至夕陽西下前的最後一刻。

的士終於駛上屯門公路——雖然下班時間剛開始，但的士還能在道上飛馳。阿康對司機說：「還好，沒塞車。」司機答說：「現在的人愈來愈晚下班，這種鐘點沒問題的。」

車外的景色，從公路漸漸變作市鎮，然後是一個又一個迴旋處，每個迴旋處都被單調重複的屋苑高樓包圍。當的士漸漸離開屯門，景色愈發荒涼時——阿康只覺煙囪、混凝土與鐵枝夾雜的龐然建築非常醜陋，與山坡、叢林、泥石、架空電線一起夾道歡送他們駛往西方的不可知——他就深呼吸一口氣，拿起電話打給貓叔，壓低聲音仔細說清楚了上船的地點。

阿康轉頭與阿蓮對望一眼，之後又看看阿朗的母親，說：「快到了。」

他故意在離開上船處還有二十分鐘步行距離時，叫司機停車。三人下車後，阿康跟阿朗母親說：

「對不起，要妳走點路。我不想司機知道我到哪裏去。」

阿朗母親閉眼點頭說：「你要我怎麼做，只管說。」

阿康帶領二人沿路走——路上除了偶爾隆隆駛過的貨車司機與乘客，好像就沒有其他人了——直至在一樹叢前停下；阿蓮和阿朗母親要細看才留意到當中兩棵大樹之間有一條小路。三人沿小路穿過樹叢後，眼前豁然開朗：日輪正懸掛在漫長的水平線之上，將水面無邊的粼波照出一抹令人迷惑的、冷冷地沸騰的金黃——但金黃之中又滿佈眾多船艇的黑點，像被百千口尖釘刺戳過一樣。

那是他和阿朗很久以前曾經落貨一兩次的海灘。雖然地方十分隱蔽（阿康是從一個專門出租遊艇的朋友處得知的），但畢竟在元朗和屯門中間，他們不很安心，之後就轉到另一處去。大概金華和其他有做偏門生意的幫派想法相同，因此阿康沒聽聞過他們在那裏上落貨。

阿蓮看在眼內的，則是一個荒涼、孤獨的石灘，一片與落日及大海相望、只有沙與礫的土地。她不禁自問：這裏會不會大白天也有幽靈在浮游徘徊？

阿蓮看見阿康又打了一通電話；之後不久，她眺望到海上遠方出現了一個漸漸接近的黑點，黑點繼而漸漸變作一艘小艇。阿康即時呼喚灘上她們二人一起走往有幾塊大岩臨水的角落。阿康一臉焦急，只顧往前走，阿蓮卻一直緊握阿朗母親的手，幫助她在沙石上保持平衡。

小艇果然停在角落的水邊——是一首走私常用的快艇，上面除了開艇者，還有阿朗、貓嬸、被貓嬸抱著的阿定，和一個以手槍指著兩母子的人。

岸上三人都很清楚地看到，阿朗看見他媽媽時臉上的詫異，還有之後迅速變化的表情：擔憂皺眉——恨意——可怕的決絕。

阿蓮感受到，她握著的老婦手掌，不斷冒出冷汗。

快艇泊好後，只有阿朗一個下船，貓嬸繼續坐在開船者和持槍者之間，阿定正在媽媽懷裏安睡，睡得很香甜。一個兩歲小孩只要累了，就會無憂無慮地進入只屬於他的甜夢國，哪管周遭環境吵鬧、不安、暴戾，令成年人戰慄、悲痛。

阿朗踏著沙礫，向阿康他們走前幾步後，就斥罵自己母親：「妳竟然蠢得跟他過來！他是怎麼令妳聽他的話的？！」

阿康說：「她不是聽我的話，而是聽你的話。我只是向她說了你今天說過的話、做過的事，她就願意過來。」

阿朗走前用力推了阿康一下——阿康被他推得退後兩步，但沒有還手——說：「你一直有探望我老媽子的，是不是？你一直有的！你也算想得周到，一早就害怕我有一天會反你，於是留個後著！康哥，你也很……」

阿康雙手在寒風中狠狠地比畫了一下，激動地打斷了阿朗的話：

「我不是要留後著，信不信由你！我只是曉得石硤尾有一個婆婆，她的兒子只管在油麻地打打殺殺，於是我隔一陣子就探望她，你信不信？你信不信人可以為了這個理由去和老婆婆交朋友，除了買燈籠有八折就完全沒有好處，你信不信？」

阿朗聽後呆了一呆，鎮定下來後即大笑說：

「真想不到康哥會跟我說這種話！你過去十年又有沒有見過你自己的老媽子？老爹呢？還有啊，你的孩子呢？老婆呢？你甚至沒有見過他們一面，卻竟然要教訓我？！還有啊，你探望我媽的好處不只是買燈籠有折扣，看你現在，不就有了籌碼了嗎？媽，他只是要拿妳作籌碼，交換那對母子，那豆丁的老爹是社團叔父，妳現在看見的所有人，不是黑社會就是婊子！（指著阿蓮）她有沒有告訴妳她是一樓一鳳？妳也早知阿康是江湖大哥，那麼妳跟他們來，是不是想仔細看看你兒子是如何幹活的，不再想一見面就罵我？」

阿康和阿蓮都想開口叱責他，卻都被阿朗母親的截然回答搶先了：

「我跟他們來不是要聽你瞎說的，我只是要你放了那兩母子。人家一個媽媽一個小孩，和你們的勾當沒有關係，你放了他們。」

阿朗不為意地稍稍提高了嗓子，像個被媽媽罵了要為自己辯護的小孩，嚷著說：

「媽，妳不明白就不要胡亂插手！我要是沒有這對寶貝，早幾個鐘就已經死掉！這兩個人，女的嫁了給那個男人，就等於將自己的生死縛上了他；孩子更不用說，他一出生就注定要玩這遊戲。我也是要活下去的！我既然一早決定了玩，就不能不手起刀落，不能老是想著誰碰得誰碰不得……」

老婦終於爆發了：

「你不要老是為自己找藉口！你自從那時在石硤尾當小混混，這些年來老是為自己找藉口！你小時很聽話，對人很和善的，你忘了嗎？你爸在文革時，一堆小鬼頭跑進他家裏搗亂，他還捱了打，卻從來沒有說要找人家算賬，更不會殺人家父母去算賬！你這是甚麼歪理，究竟是從哪裏學來這些歪理！我對你說，這女人和我一樣，拼了命也要養大孩子，哪管孩子將來是龍是蟲，做個好人還是和你一樣是垃圾，她都不會管。你快給我放了他們，然後你只管跑到天涯海角，隨你的便！」

阿朗憤怒而不甘心地、狠狠地瞪著他媽媽，大口大口地喘氣，好像心中有無盡的自辯，卻都被壓抑住了。他沉默了幾秒之後，轉而望著阿康說：

「聽著，貓嬸的腳已鎖了手扣，手扣的另一邊給鎖在艇上。小寶貝的手和他媽媽的手也被另一個手扣扣著。船上兩個兄弟有槍，我也有槍，都是泰國新鮮運到的上等貨色（他自外套口袋拿出一柄曲尺，將槍管瞧了一瞧之後，很從容地垂手握著它，沒將槍指向任何人——但阿康三人的心同時誇張地跳了一跳），你不用妄想自己一個人可以闖過我們救兩母子，婊子也不要胡來。媽，我更不想傷及妳！阿康和婊子，我跟你們兩個再說一次，我就是到現在仍然不介意救你們，因為我太恨不得阿康跟他女人受我的恩惠！我要阿康清清楚楚地明白：這一趟，終於由我作主，由我來救你，你輸了！」

阿康聳聳肩說：「我從來不知道我和你在比賽，何況我一兩個鐘之後就會連你是誰也記不起，更不會管是你贏還是我贏。」

阿朗大笑說：「康哥，我看這是你當年丟下老婆和孩子的報應！」

阿康先是愣住和垂下頭，一時之間陷入了沉思——他想起的，不只自己妻兒，還有他當年直至現在仍然深愛的她——他彷彿快要墮進愧疚與遺憾的深淵，臉色漸漸變得慘白；但忽然，他又像從鬼門關回來，臉上重現血色，還展現阿朗過去從沒見過的、一個寬容溫煦的、毫不犬儒戲謔的微笑，並說：

「我不相信世上有報應。不過，也不是不信的。天，我在說甚麼鬼話？我想說（他搔搔頭），我想說，固然，有很多事情是偶然、意外，但它們不是報應，只是……嗯……中了六合彩算不算報應？只是你買那些號數的球滾了出來，你要說這也叫報應，我也無話可說了。不，不！（他笑得更開懷了）我還是要說！我看，要是有報應這回事，都是人為的，有時是加在別人身上，有時是加在自己身上。要擺脱報應，誰都可以，你也可以，沒有人能夠干涉你。對啊（點點頭），沒有人能夠干涉你。」

阿蓮瞪著阿康，想起了昨晚。

阿朗輕蔑地答說：

「康哥，你知不知我一向最討厭你對著兄弟講大道理？你以為你是甚麼白龍王大師嗎？但是，嗯，這一趟，你說得對，對極了！沒有人能夠干涉我！我現在就加一點報應在貓叔身上，因為他太多事了。你干涉不了我吧？但你已經告訴了他，對嘛，康哥？我今天從大清早到現在，一直都很信任你的，你不要令我失望！」

阿康說：

「你看你現在像甚麼？走投無路，要挾持女人和小孩逃命。我故意拖延到半個鐘前才告訴貓叔，是不想你媽媽有事。你要是真會老謀深算，現在就應該放了兩母子，然後快逃！」

阿朗忽然拿槍指向阿康，同時黑著臉走近自己母親，一邊走一邊說：

「媽，快！跟我走！不走的話，他們會叫妳吃苦！我在大陸有很多朋友照應，我們躲起來避一陣子，住的吃的都會很好，沒事的！」

老婦卻說（她愈說愈激動，眼泛淚光）：

「我要是稀罕這些，我就不會一直將你給我的髒錢全都打回頭！我不要和你這種人在一塊兒！」

阿朗無奈地說（槍仍然指著阿康）：「媽，我不想看著妳死！」

老婦的語氣更淒涼：「我當年和你爹逃到香港，以為下半生可以一起快快樂樂，只可惜好日子過了不很久，他就去了。但我對自己說：我還有你，我和你也是一個家，我只要和我的小孩在一起，也夠快樂了！誰知道，我最錯的就是有了你！我那個聽話善良的小兒子，早就不知跑到哪了，他不是你！他不是你！我不要再看見你！我不要！……」

老婦跪在地上，痛哭不已；阿朗默默站著，俯視膝前像是對他求情的母親。阿蓮心酸得雙眼通紅，卻又不敢跑過去安慰老婦——腦海裏卻閃現另一個更冒險的念頭……

一眨眼，阿蓮已緊握著早前收起來的那柄切肉刀，乘一股蠻勁衝向阿朗。當阿朗反應過來，阿蓮已經將他撲倒在沙上。阿蓮這一刻絕對可以乘勢將刀插進阿朗喉頭，但她也在這一刻看見阿朗那雙因為臨近死亡而恐懼的眼神——她忽然問自己：「我要殺人了嗎？」

阿蓮的手因此停住了一剎那，讓阿朗有機會將她猛力推開和站起身。

但阿蓮死纏阿朗不放。在接下來的一秒裏，阿朗開了一槍，阿蓮刺了阿朗一刀，之後阿蓮跌倒了，阿朗則仍然站著，只是阿蓮的一刀已刺傷了阿朗的左臂，外套被刺破的地方正不住滲血。

至於阿朗的一槍——原來子彈射中了他媽媽的頭。

他大叫一聲「媽！」卻只是繼續僵直地站在黯淡的暮照中，瞪著地上的屍體——傷口正流出大量的血，將四周的沙染得腥紅。他的眼神混雜了既冰冷又熾熱的惶惑與憤怒。

阿康下意識地拿出大衣內袋中的切肉刀，打算趁機挾持阿朗，然後逼艇上的人放走貓嬸和阿定。但他正要動身時，腦袋裏卻湧現狂潮一般的疼痛。

阿康登時雙手捧頭，跪在沙上。

阿蓮立即跑過去，坐在阿康旁邊，讓阿康挨著她。

阿康的頭痛片刻之後已消失，他也能夠清楚地看見眼前一切——只是，一切都變作不連貫的影像，他無論如何費勁（而他的意識深處確是在不住地、頑固地費勁）都不能將影像整合為時空的整體。他每看見一個新的影像，上一刻的影像就會消失在腦海裏。他像在逐格看一捲電影底片，但沒有能力將斷片組織成為故事。

他的耳朵還健全，但上一刻的聲音除了殘留的餘響之外，他已完全記不起。儘管他的耳邊出現人群的嘈雜聲，甚至有貓叔的叱喝，他也只是依然臉色蒼白，靠在一個他覺得很陌生的肩膊上。

再之後，他四周響起了槍聲，然後是一聲尖叫，再之後是他身邊肩膊上的人頭在驚呼、嘶叫、痛哭，接連肩膊的手比之前更緊緊地摟著他——但他的感覺繼續完全分崩離析。

——除了一個不知從哪裏出現，忽然來到他跟前的、衣著優雅的中年女人。

女人蹲下，微笑著溫柔地跟他說：

「你輸了。」

她稍停片刻後繼續說：

「我們兩個鐘頭前見過一面的，你記得吧？我可是明知故問，因為我知道，你現在仍然記得我和聽得懂我的話。其實我們已經在你的夢中聊過好幾次天，不過你都忘了。夢中見過的，都是必須忘記的，因此我令你都忘了。

「我先得稱讚你一句：你說甚麼報應不報應，我很同意。不過，你只是說了一點點，還有很多，你是知道卻不願說，還是根本不知道？算了吧！但你不能到處跟別人說我的壞話，貶低我的行當。我也有自尊的，你對我不太尊重了！因此你也是個異數，因為別的人總是過分看得起我，有甚麼好的醜的都歸到我頭上。說到底，我只是一個整天織布的工人罷了！譬如說——反正你待會兒就會完全忘掉——阿蓮住處的街口之外的一幢唐樓，後天下午，二〇一〇年一月二十九日的大白天之下，將會忽然『嘭』的塌作一堆沙石，會有四個人埋葬在裏面，包括阿蓮的一個行家（啊，對不起，說『以前的行家』比較好。）。那唐樓雖然比較殘舊，但已經撐了很多年，最後卻不消一兩分鐘就變作廢墟了。是報應嗎？不是。但這麼一件事，比報應還可怕，你說是不是？它對四個死人來說，根本算不上甚麼因果——但這就是我的工作了，弄得自己也常常很不好意思。

「那婆婆不也是一個例子？（她向阿朗母親的屍體看了一眼）她所吃的苦，完全說不上是自己招來的報應，但難道旁人揮一揮手、感嘆一句『倒霉』或『兒子忤逆』就能算數嗎？

還好的是，婆婆死前只受過很少痛苦。我的伙計已接走了她，你不用擔心的，我的伙計很會哄死人開心，既有音樂助興，又跟他們跳華爾滋。至於你嘛，你還未到時候和我的伙計見面；不瞞你說，你還有幾十年！只是，以後幾十年，你都是白過的。這樣子不好嗎？甚麼都記不起。人正是因為有記憶才活得苦，你明不明白？但我想，要是問地球上幾十億人，有誰願意落得和你一樣下場？唉，不用我說了吧！

「我一直很奇怪，為甚麼你懶得找個私家專科醫生看看？我知道你正在排期看政府，但他們還未到期，你自己卻早已到完了，不用說連你預約了甚麼時間地點都忘了。為甚麼不看看私家的？你又不是沒有錢。我雖然有些本領，但說到看透人的心，卻很沒能耐，例如我一直看不透你心裏是不是很想快些忘掉一切。你自己也看不透的，這叫潛意識啊！我們來談談佛洛伊德好不好？我的伙計說他死後十分風趣健談。但是，你大概沒心情說這些了吧。

「你的情況是有一個學名的，但名字又長又繞口，說了你也不會記得，我還是不說了。但是，一個怪病有專門名字，跟它能否被醫好完全沒有關係。要是你花錢看私家專科，他們也只會替你照這照那，最後確定你發生了甚麼事，真相大白，弄清楚也不過末路一條。因此你沒找私家醫生，也許還是對的，因為那反正只會是白給錢醫生供養他的名貴跑車。」

女人這時手中忽然多了一個沙發坐墊——墊上有些很工整的刺繡花紋，十分美觀。她一邊輕鬆地坐到墊上，一邊繼續說：

「你也算幸福了，竟然遇上才剛相識就對你死心塌地的女子，在最後一天伴在你身邊。她是一個怪人，不過你也是，因此你們的絲線才給纏繞在一起——但早前，我在辦公室裏第一次看見你們的『結』時，還是愣住了片刻。我今天大清早在她的夢中和她聊過，告訴了她這是你的最後一天，我想她也在夢囈中告訴了你，但說得很含糊，你又剛剛睡醒兼失憶，自然只當是胡說。還有啊，我想你更掛念的，是你起床前作過一個怎麼樣的夢。

「那個夢在你睡醒後，仍有碎片殘留心中，令你很想完全記起它——你大概已經猜到，它裏面一定有對你十分重要的人。對了，就是撞車死去的女子。你在夢中見到的她是活生生的，你和她住在大廈頂層一間很舒適的、一塵不染的閣樓裏；你們相擁著，互望著，充滿愛意地向對方微笑。

「但忽然間，不知為甚麼，你離開了她，走出了閣樓，來到大廈的天台。你環望四周，看見的是或高或矮、或新或舊，有些很殘破卻有些像未來世界的大廈——但它們都遠不及你所站的天台高。能夠從上方俯視一切是很不錯的，你卻想走下去。面前只有一個選擇，就是一架梯子——一架銀光閃爍的梯子，你第一次看見它時甚至要半掩著眼睛，讓眼睛慢慢習慣它的光芒；之後你卻發現，梯子居然自動向下伸延，伸延著的一端懸在半空中，根本去不到哪裏。

「你回頭，對你的愛人笑了笑，然後沿梯子爬下。梯子因你的重量而向下墜，它的末端仍然懸在半空中。你看一看四周的大廈，感受到高處的強風。你開始嘗試爬回去，一心要和她重聚，卻發現出發的那一端梯子，原來也在半空中懸著，更因為你的爬行而下墜；你心裏很徬徨、很害怕。

「這時，你醒了。

「不要問我解夢，我不是心理學家，跟佛洛伊德聊天的是我伙計而不是我。但我覺得，我應該送一份禮物給你：不如讓你在完全失憶之前，再一次記起那個夢。好吧，好吧，不如再送一份禮物：我現在給你最後五秒鐘的清醒。五秒鐘一過，你就沒回頭了，好好珍惜！」

女人拿起坐墊，拍拍墊上的沙，然後優雅地離去，沒多久就消失在日將落盡的餘暉。

五秒鐘也在這一刻開始。

阿康驀地記起了一切，包括女人的話、那個令他心痛的夢，還有最後的五秒鐘。

聽說，人在臨死之際，腦海裏會不由自主地閃現人生的種種片段。阿康卻是很主動、很拼命、很貪婪地在五秒之內，像一個心知將要餓死的人盡最後努力吃遍眼前最後一頓盛宴，艱苦地回憶所有幸福快樂的時光——卻也不禁想起一些醜陋可怕的往事。而一切片段，最終都回歸到他那個早逝的愛人的倩影。原來在五秒之內，人的腦海是能夠活過幾十年生離死別和喜怒哀樂的。

阿康心中最後浮現的記憶，是她以前常到的、在公司附近的一家咖啡店。她捧著杯子喝咖啡，臉上沒有甚麼特別的表情——一個很平常的片段。影像一消失，阿康便再痛苦起來——但他完全理解不了正在發生的一切。世界對他已失去了意義，只成為無數個漲起、漂浮，然後爆裂、消亡的空虛泡沫。當下的現實，已化作不斷被遺忘的夢。

阿蓮看見的，則是一連串血腥事件：

貓叔和一大夥人到來，大部分人持著槍。阿朗拔足便跑，跑時手中的槍一直指著艇上的貓嬸和阿定，亦不住恐慌地回望追來的人。阿朗跑到艇邊停下喘氣時（他的左手衣袖不住淌血，右手的槍繼續盯緊兩母子；本來已在艇上以槍指著他們的人亦更神經質地警惕），貓叔和同行的兄弟已來到阿蓮附近。貓叔叫他的人站著不動，自己則故意當眾扔掉自己的槍，舉起雙手向阿朗走過去，途中還跨過阿朗母親的屍體。貓叔一邊走一邊說：

「你看，我沒拿槍。我現在過來和他倆交換，我當你的人質行不行？你只要一直用槍指著我，所有人都會給你讓路的。」

阿朗聽後怪笑說：

「你有你的妻兒，我有我的老媽子，我們都有自己的弱點，對不對？我們都會被，嗯，被纏著，不能輕輕鬆鬆地走下去，你說是不是？」

貓叔沒心情思索阿康的意思，他只是顫抖著聲音說：

「你讓我和他們交換，行嗎？我現在過來！」

阿朗忽然將槍指向貓叔，「手起刀落」地開了一槍，貓叔的兄弟反應過來時，貓叔已攤在沙上，氣息全無。

除了阿朗，四周所有人都被嚇呆了，灘上頓然鴉雀無聲——除了貓嬸刺破沉默的尖叫之外。

天色已差不多黑透，因此從另一邊偷襲阿朗的人，要來到艇邊時才被阿朗和他的人發現——這時，他們已經被四方八面包圍了。

阿朗苦笑著聳聳肩，持槍的手垂下，高聲喊說：

「我們都是被纏著的！」

說完，就將槍指向自己的太陽穴。

他閉上眼睛，緊蹙眉頭，掙扎了一會兒之後，突然急疾地轉向貓嬸開了一槍。

阿蓮正是在這時高聲驚呼的。

他看來想立即向阿定也開一槍，但阿蓮看到他猶豫了幾分之一秒——就像她剛才將要以刀刺向阿朗喉頭時的猶豫——亦在那幾分之一秒之間，被不知那個反應快的人的子彈射中了。接下來，其他的、如飛雹一般的子彈也穿透或停留在他的身體裏，像一個冒出無數個小洞的血袋子。

阿蓮不禁淒清地嘶叫痛哭——她後來也覺奇怪：對阿朗死去的反應，居然比起對貓嬸還要悲痛：為甚麼自己會……她更記得，當時的感覺就像倒下的不是阿朗，而是阿康；或者說，兩個人之間，誰倒下誰呆在她懷裏，已沒有分別。

阿朗倒地時，雙眶帶淚的阿蓮在滿佈星光的黑暗中，只能勉強看得出他的輪廓，還有他四周的沙上漸暗的色澤——阿蓮明白到，那只可能是溫熱的深紅色。

* * *

從阿康跪在沙上開始，直至被送進醫院，安置到病床上，他的眼睛都是一直睜開著的；到了他躺在床上後不久，才因為身體太疲倦而本能地合上眼睡著。阿蓮和另一些見過他的社團兄弟說，他留下了眼淚，但護士說：那可能只是眼睛睜得太久時而流出的淚腺分泌。阿蓮聽後就啜泣著說：「那不就是流淚嗎？！還不是哭了？！」

醫生給阿康檢查了許久，並且如那個優雅女人所說，替阿康「照這照那」，最後得出的結論是：他還活著，身體機能正常，但精神上完全癱瘓了。看見等於沒看見，聽了等於沒聽過，亦不會說話；醫生對於他的狀況無能為力。

社團見事情如此結局，又了解過阿康和阿蓮當天所做的一切，最終放過了阿蓮。阿蓮聯絡到了阿康的妻子、兒女，還有他爸媽；他們看見阿康現在只剩下一副沒用的軀殼，對他已不再有怨恨，還和阿蓮一樣常常探望他。阿蓮跟他們偶爾會在醫院碰面，見得多了，倒成為朋友，有時到茶樓吃頓飯，聊聊天，讓他們逗阿定玩。

——因為阿定已成了阿蓮的養子。貓叔和貓嬸的至親都不在世，雖然有些遠房親戚，但都斷了聯絡。阿蓮得知後，想起阿定的未來，想起阿朗媽媽說過「讓孩子有個做好人的機會」，也想起自己曾承諾要「救得了孩子」，就自告奮勇，成功申請領養阿定；其實也不是這麼簡單的，因為她怕政府查出自己的過去後，不批准她的申請，於是懇求她姊姊夫代為申請，事實卻是她一手將阿定撫養成人的。日後阿蓮總是對別人說，阿定是她的「兒子」。

阿蓮姊姊兩夫婦每一兩個星期就來看阿定，令阿蓮和姊姊的關係和好了不少。連阿蓮父母也叫她姊姊常常帶阿定給他們看，但他們仍然拒絕和阿蓮直接見面，哪管她已經如對阿康所說，放棄了當妓女。她在阿康出事之後和得到阿定的撫養權之前，心裏很苦悶，有一段日子幾乎每晚都到她和阿康第一次見面的酒吧喝酒，也有幾趟搭上一夜情男伴發泄。（但有一次，一個在酒吧裏主動跟她搭訕的男子，聊了幾句之後輕佻地向她問價，她當眾摑了他一巴掌，然後顫抖著聲音憤怒地喊說：「只有我自己才能決定我是不是婊子，沒有其他人可以替我決定！」接著很掃興地——她甚至聽到酒吧內有些男人在嗤笑——離開。）

久而久之，將一切看在眼內的酒吧老闆娘跟她熟絡了；阿蓮得到阿定的撫養權之後，老闆娘就介紹她日間到酒吧工作——酒吧在日間是一間餐廳，附近很多白領都來午膳，阿蓮每到中午就將剛自幼稚園放學的阿定接過來吃飯（之後再將他送到托兒所去），很多常客都認識他們「兩母子」。

阿蓮將阿定抱回家之後的第一晚，阿定像阿康之前一樣，瞪眼環視四周的陌生房間：全身鏡、衣櫃、梳裝枱……牆上的二〇一〇年月曆圖片，已從阿康所見的隆冬一月的雪國晴陽，換到早春三月的綠苗清泉。一切的不熟識令阿定煩躁不安，阿蓮費了很久才將小孩子哄入睡鄉；她的法寶，是小聲播放兒歌，令阿定平靜下來。

阿定在阿蓮家中靠著窗沿和厚布窗簾旁的雙人床上——阿蓮曾經被不知多少客人操過，也和阿康翻雲覆雨過的雙人床上——睡倒後，阿蓮躺到呼嚕打鼾的他身邊，溫柔地撥弄他的頭髮，微笑著輕聲說：

「阿定！媽媽很愛你的！」

唱機正播出輕快悅耳的女聲：

Row, row, row your boat
Gently down the stream
Merrily, merrily, merrily, merrily

Life is but a dream

Row, row, row your boat
Gently down the stream
If you see a crocodile
don't forget to scream!

本創文學 110

阿康的最後一天

作　　者：麥華嵩
策劃編輯：黎漢傑
責任編輯：杜雪琪　陳凱琪
設計排版：V. N.
法律顧問：陳煦堂　律師

出　　版：初文出版社有限公司
電郵：manuscriptpublish@gmail.com

印　　刷：陽光印刷製本廠

發　　行：香港聯合書刊物流有限公司
香港新界荃灣德士古道 220-248 號
荃灣工業中心 16 樓
電話 (852) 2150-2100 傳真 (852) 2407-3062

海外總經銷：貿騰發賣股份有限公司
電話：886-2-82275988　傳真：886-2-82275989
網址：www.namode.com

版　　次：2025 年 2 月初版
國際書號：978-988-70535-6-9
定　　價：港幣 88 元　新臺幣 320 元

Published and printed in Hong Kong

資助

香港藝術發展局全力支持藝術表達自由，本計劃內容不反映本局意見。

香港印刷及出版